人鱼香颂

Mermaid Chansons

解知 著

长江出版社
CHANGJIANGPRESS
漫娱图书

前言

　　落日最后一抹余晖坠入海时，她吻别了她最初也是最终的爱人。

　　小人鱼一身轻松，在沙滩上留下的一串脚印，很快被海浪洗去。她回身冲站在海岸边的男人摆摆手，最后化作一尾银鱼潜入海中。心中并无哀痛和不舍，因为别离是为了下一场相遇。

　　她一个人来，一个人走，看似什么都没变化，心中却比来时多了一点沉甸甸的东西，因此游速也比来时缓慢很多。如今她更像一个有血有肉的人而不是一件容器，可这样的气息却引来了饥饿的鱼群。

　　在鲨鱼和激流的共同追捕下，她不小心跌入了漩涡。等她再从颠簸中醒来，月光已经浸透了这片海。

　　小人鱼从未见过这样大、这样圆的月，月光将朦胧的海洋照彻透亮，清晰可见。她看见正前方有一艘巨船——不，那不是船，而是巨轮的残骸，被包裹在鲸鱼的尸体中。船只安然平静，仿若沉睡。

　　不知道是不是小人鱼的错觉，她似乎看见那条死去多年的鲸鱼对她调皮地摇了摇尾巴。在鲸的指引下，她游入了这艘鲸鱼与遇难船重叠的船舱里。

　　与船外的平静不同，船内热闹非凡。

　　小人鱼小心翼翼地转过身，几个嘻嘻哈哈的半透明"胶质"跑过了黑漆漆的走廊，它们身上微微带着银光，小人鱼就随着这亮光向走廊尽头走去。

　　在走廊尽头站着一位侍应生模样的幽灵，他兴致缺缺地照本宣读："欢迎光临十年一度的盛大晚宴，女士，请出示您的邀请函。"

　　小人鱼沉默了，她好像是个非法侵入者："我没有邀请函。"

对方终于抬起眼，皱着眉头看了半天。这一抬眼直接抬走了十年的困意，方才还慵懒优雅的侍应生一下子捂住嘴发出尖叫："天哪！你是个活物！"

"你说什么？"

"活物！"

"让我看看！让我看看！我好几十年没见过活物了！"

身后的大门一下子被破开，一大团"胶质"幽灵急匆匆宛如食堂开饭般地涌到走廊门口，又急刹车般止住，空出一段距离，纷纷露出慈祥的笑："噢，她真可爱，是不是？"

小人鱼道："诸位，我被漩涡和暗流带到这里。谁能为我解释……"

"不公平！凭什么漩涡直接带我走了？"

"你算什么不公平，我还是蜜月登船撞到暗礁了呢。"

幽灵们叽叽喳喳没完没了。

"安静！"一个看起来靠谱点的幽灵走了出来。

"如您所见，这是一艘人类世界的遇难船和一条鲸鱼联合举办的晚宴。"

"为什么我先前没有在海洋里见过？"

"只有十年一循环的这一天，当月光洒满整片海，跨越百年时间，跨越人类社会和童话世界，安葬在此地的船与鲸才能重叠。那个漩涡似乎是外界进入此地的唯一入口。"

"相逢即是缘，我们两边的代表人一拍即合，决定办一场十年一度的派对。"

就这样，小人鱼在幽灵们的簇拥下走入了晚宴厅，大厅虽然有些破败残缺，但仍然可见昔日的金碧辉煌。

"按照你们所说的，这个习俗似乎已经延续很多年了。"小人鱼斟酌片刻后开口，"你们一直被困在船上或者鲸鱼腹内，难道不觉得孤独吗？"

叽叽喳喳的幽灵们沉默下来，相视苦笑："死于船难，肉体归土，灵魂也被禁锢，唯一的办法就是寄托于活物。"

"然而这片海域这么多年，连一条路过的鱼都没有，更别说好心的渔夫了。"

"你有可能把我们一个个驮出去吗？"

幽灵们眨巴眨巴眼睛。

小人鱼冷酷无情："你们这里少说有几百只幽灵，我可不敢保证我能顺利进出漩涡几百次。"

在一片唉声叹气中，方才做解释的主理人站出来说："没必要这样失望，这些年也都这样过来了。"她顿了顿，继续说，"难得今年有贵客远道而来，不如我们专程举办一个晚宴好了。"

还没等小人鱼拒绝，一群振奋的乐天派幽灵们就推来了桌子，自作主张地给她系上了餐巾，紧接着，她被摁着肩膀一屁股坐在柔软的扶手椅上。

"……你们那些残羹冷炙，我可能没办法吃。"她干巴巴地挤出一句话。

话音未落，一盘装着一小截破旧丝绒的"前菜"被推到了小人鱼面前。

在幽灵们期待的目光中，她硬着头皮叉了起来。除了毛茸茸的质感，这道菜还带着微微的寒意，与普通的丝带相比更像利器的寒光。

除此之外，还有蜂拥而来的不属于她的记忆。

目录

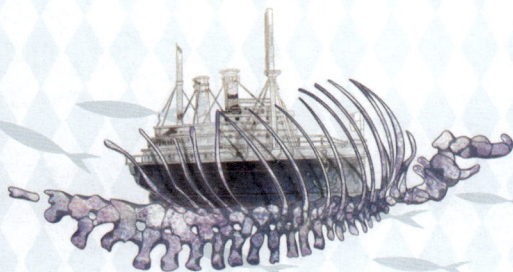

前 菜

qian cai

配料

旧丝绒、苦杏果酱

我知道，这是一柄独一无二的丝绒刀。她会划破世界上所有对我不利的人、事、物，却偏偏对我，用尽沉默的、不熟练的温柔。

丝绒小刀

我打小就不受待见，仅仅因为我母亲是个女巫。

我的父亲在我出生后不久就因为忍受不了我母亲女巫的身份而离我们远去，我本来想说她一个人含辛茹苦地把我"拉扯大"，但其实是假话。

打从我有记忆开始我就是一个人上下幼稚园，我家的黑猫和猫头鹰会来接我，因为我的女巫母亲怕我走失。幼儿园其他小朋友趴在父母的怀抱里或好奇或羡慕地看着我，而成年人们则会皱着眉头把孩子搂紧。我也知道，这一点都不酷。

我最开始拼命奔跑却怎么也甩不掉这两只小动物的愤怒，最后变成慢悠悠走回家的一脸漠然。在学校和在家并没有什么不同，反正家中也只有我。我母亲很忙，忙到只能在灶台上放一根自动搅拌的锅铲以及热着的海鲜汤。

她也答应陪我吃饭，但大多没有后文。经常给我梳头梳到一半，然后连着手上的发带一起突然消失，梳子"吧嗒"一下掉在地上。这时，她的同事们会来向我解释："你的妈妈身居要职，我们离不开她。她是在拯救世界。"

　　我不喜欢她的同事来看我，因为即使她们态度再好，也从未给我带来过好消息。在我十八岁那年，他们带来我母亲的死讯，以及一件遗失多年的礼物。

　　不是闪闪发光的宝石，也不是什么名贵传家宝，而是一条丝绒绸带，它成为我经济独立在外租房后唯一一件带出的与母亲和与那个世界有关的物件。我想把它留在身边，也算一点怀念。

　　我把它扎在马尾辫外打了一个大蝴蝶结，其实很夸张，偶尔会吸引同事们含笑的目光。好在我从小到大早就习惯了异样眼光。

　　我不知道这根丝绒绸带的作用，直到我第一次谈恋爱。先前说过我是一个缺爱的孩子，因此很难分辨爱的好坏，在感情方面几乎已经到了冲动到愚蠢的程度。我的"初恋情人"是人事部经理，我很容易就听信了他的花言巧语。第七天在茶水间他绕过我的腰肢，并低头准备轻吻我时——一阵红刃划过去，在我们反应过来之前就割破了他的嘴唇，留下长长一道血痕。

　　他"嗷"地尖叫了一声，连连退步，这个一贯斯文的男人用脏到发指、不堪入耳的词骂我。

　　而我皱着眉，看着那条缠在我手臂上趾高气扬弹起上半身，仿若一条等待进攻的小蛇的红色发带，忽然意识到，我母亲给我留的是一把丝绒小刀。

这把刀有自我意识，在第一次沾血开刃后便活跃起来，仿佛从漫长的一觉中睡醒了。它的作用包括但不限于帮我分辨渣男，防列车扒手、咸猪手，还有切菜，以及开快递，等等。

在我不需要它的时候，它就乖乖地束着我的头发或者缠着我的手臂，在我心念一动之前就飞出去，替我做出决定。它非常便利和贴心，因为这把诡异的丝绒刀，我也成为城镇的"新任巫女"。

在被老板委婉劝退之后，我坐上火车，前往邻镇发展。这次我和丝绒约法三章："你不要那么智能。"

它装睡似的不理我。我把它拎在手上甩了甩："除非我遇到危险，你不要擅自出来。"

它用尾巴拍掉了我的手，不情不愿地点点头。我从小自己能干惯了，不善于撒娇和叫苦，对于所有事情上手快且不需要他人帮助，也就无法理解那些事事求帮助的人。领导提过希望我能加强合作，但是最终也因为我的单干业绩沉默了。

我在新公司交到的第一个朋友是一个很外向的小年轻，当然也是他主动找我聊天，给我买了咖啡和面包，请我多多关照。每次同事聚餐他都会叫上我，即使被我多次拒绝也不气馁。

长袖善舞、八面玲珑并不是什么好的词，但是他给我的印象就是如此，而且他的好不是那种虚伪的、浮于表面的好，而是发自内心地使人感到如沐春风，又不会觉得亏欠了他什么。面对这样一个人，你是很难讨厌的。不单单是办公室的其他同事，我也一样这么认为。

一天中午我刚做完报表，一抬头就看见他在四处给人分咖啡，而且都是大家喜欢的口味。

我小声问："你的活儿呢？"

他眨眨眼睛也过来咬耳朵："拜托组长做了。"

我非常诚恳地问："你的能力很强，明明自己也能完成的事为什么要麻烦别人？"

他思考了一会儿："因为被爱着？"

我感觉到我脑袋后面的红丝绒扭了扭，仿佛按捺不住想要探出头来瞧瞧，到底是什么样的稀世王子才能说出这种不知天高地厚的话。我把它摁了回去，因为我知道他说得没错。他确实有那种能让人喜欢上他的超能力，连我都有点心动。

而我的理智更强大，这样被爱着的孩子格外会爱人，应该找一个同等好的人，而不是在我身上倾注无望的感情。

一个月后我再度恋爱，对方是一个非常成熟的男性，年龄大我八岁。我们在画展相遇，相谈甚欢。他喜欢艺术，懂酒，懂马，会摄影，在他相机里的我总是格外漂亮，仿佛一朵向阳而生的花。

同时，比起其他一上来就猛烈追求的男性，他这种内敛而沉稳的性格更让我安心，来来回回暧昧了三个月，他终于向我告白。

那一整天我都飘飘欲仙，仿佛踩在了云层上面。当看到他给我发消息说在我公司楼下等我时，我人生头一次请假早退。

万人迷小朋友在我身后嚷嚷："喂喂，我给你买的蛋糕你还没吃。"

我朝他摆摆手："明天当早饭！"

我一路冲到楼下时发现他站在车前，西装搭在手肘上，看起来也是刚下班不久。我扑进他张开的怀里，任凭他的吻落在我发顶："去哪里？"

他当时对我说："宝贝，你看起来就像三岁的小女孩。"

他确实让我做了一阵他的小女孩，时间和我们的暧昧期差不多。在我完全学会像其他热恋的女孩一样撒泼、撒娇，进行夺命二选一之前，他先摔了我精心买的碟子，玻璃碴飞了一地划破我的脚背，我第一反应居然是关心他的手有没有划到。

"我以为你和其他女孩不一样。"他这样说，像一只愤怒的公牛，"没想到你也那么庸俗，肤浅！你变了，我当初真是看走了眼。"

我下意识地说："抱歉……"

就在我转身准备拿扫帚去扫地上的玻璃碴时，我头上安分多日的丝绒绸带突然暴起，一下子划伤了他的脖子。我哭喊着哀求它松开，绸带犹豫了一会儿，还是听了我的话。

男人被松开之后跪在地上重重地咳嗽，一巴掌挥开试图帮他止血的我。他站起身，那张曾经说出款款情话的嘴原来也可以吐出这么多脏话。而我的丝绒绸带被我紧紧地握在手里，如果不是因为它不愿伤害我，定会化为利刃冲出去。

男人走后我跪坐在地上大哭，毫无原因，或许只是因为我又搞砸了一桩感情。丝绒飘带柔柔地搭在我肩上怀抱我，却被我一把甩开，我知道我是在迁怒。

"都是你！都是因为你！"我这样说，拿起身边所有触得到的东西砸过去，"多少次了，都是……父亲，我，所有东西都是如此。"

"果然和她沾上边的。"我恶狠狠地说，"没有一件是好东西，没有一桩好事。"

因为体力消耗过大，我瘫坐在地板上，丝绒飘带还是静静地立着。我深深地看了它一眼，说了句"滚开。"就回了卧室。

我听到布料划过空气的声音，我想它应该是真的离开了。这下真的只剩我一个人了。

我足足睡了一天一夜，直到第二天门铃声响起。我趿拉着拖鞋，满头乱发走过去开门，却发现我的万人迷小同事提着大包小包，嬉皮笑脸地站在门口。

　　我有气无力："你怎么进来的，我们小区有安保吧。"

　　他指指自己的脸蛋："你们门卫叔叔想让我做他女婿。"

　　我有点被他的不着调气笑了，却因为脸上的泪痕导致皮肤紧巴巴的，紧绷到有些不舒服。

　　他轻轻地推搡了我一下，熟练地开始研究我家厨房："你去洗脸，好歹我也是个玉树临风的帅小伙子，麻烦你能不能有点包袱，尊重一下我的魅力。"

　　等我出来的时候桌上已经摆好了热过的汤和饭菜，我定定地看着，突然意识到有人给我热汤饭已经是很久之前的事了，盛好更是前所未有的待遇。他看我不动还叹了口气，无奈地从小袋子里拿出一块蛋糕："就知道你想着这个呢，吃完正餐再吃。"

　　我慢悠悠地挪过去吃饭，吃得小心翼翼。他就站起来开始清扫地上的残渣。这时候一点点的好反而使我心酸，我低着头猛扒着饭，突然想到因为我的无故迁怒而离开的丝绒绸带，眼泪唰地差点又下来。

　　其实我冷静之后，明白它除了爱我、保护我之外什么都没有做错。只是从小到大那么多事，我都是理智上接受了，内心却总是一遍遍地承受着痛苦。

　　就在我自责到要把下嘴唇咬出血时，一抹红色探头探脑地从万人迷的兜帽里溜出来。我目瞪口呆地把眼泪收了回去。

　　小朋友有点无语："我也不知道这个家伙怎么回事，不过还是要感谢它一下班就出现在公司门口给我带路，我才能找到你。"

我小心翼翼地看了丝绒一眼，它很骄傲地别过头去，好像心里还有气，又过了一会儿才慢悠悠地用另一端碰了碰我的手指，我知道，这是和解的意思。

临走的时候万人迷和我说："我自作主张帮你把年假请了，这几天你好好休息，我下班就来找你。"

我想说："你不用麻烦……"

他居然挠着头："不是，公司里除了你，那群姐姐都像要把我生吃了一样，只有你眼光不好，对我没有非分之想。"

我直接闭门送客。拜拜了您哪！

真如万人迷所说，接下来的一周他每天定时定点过来找我，只有一天晚了半个小时，正当我担心他出什么事时，门铃响了。

万人迷漂亮干净的脸上肿起来一块，他夸张地"哎哟哎哟"叫唤着。

我一边往他脸上抹红药水一边说："怎么回事，终于因为太欠让人给人揍了？"

他说："没什么。"

我作势要猛按逼他招供，他立刻举双手投降："在你家门口遇到个碰瓷的，非要你赔医药费还是什么。"

我心下一惊："他……"

万人迷轻描淡写："我本来没打算理会他，结果他一看到我就像吞了灯泡一样脸色发青，嘴里不干不净的。长得人模狗样，骂起人来倒是很没品，就教训了一下。"

我沉默了片刻："你除了这里没别的伤吧。"

他嗷嗷地叫着："你看，这么大一块儿！你还想要我受多少伤？"他哼唧了半天，"没事，我还拿回来一点战利品呢。"

他打开手，我发现是一枚车钥匙。这是我前男友的跑车钥匙，只不过是我付的钱罢了。他塞进我手里，难得没有嬉皮笑脸："你自己拿好，别再弄丢了。"

当天他走之后我认真地反思。终于清晰意识到我前段时间确实不对劲，就像被什么迷惑住了似的。我会那么轻易上钩，原因就是这样一个男人的出现弥补了我童年缺失的父亲形象。如果不是我的丝绒小刀硬生生地拗断了彼此的联系，我还真不一定能从中脱身。

现在回想仍然心有余悸。

我想了想，看到在厨房里飞上飞下的丝绒绸带，忽然张开手："过来抱抱。"

它在那儿扭捏儿了半天，最终还是过来缠在了我身上。

一周后我退掉租房，重新回去上班。一旦想清楚，再加上陷得不深，似乎也就没有什么了。

那个男人来找过我两次麻烦，好在我们公司员工一致对外，再加上我态度明确以及我龇牙咧嘴的丝绒绸带，日子一直平安无事地过着。

公司里的人来来去去，只有万人迷还是照常插科打诨。只是到后来也不知道是他累了还是什么原因，不再像原先一样对谁都好。如今我成了他撒娇受害的唯一对象，有时候我觉得这个家伙真可恶，有时候又觉得是自己不争气。他冲我说点好话我就帮了小忙，可是在大事上他又一贯靠谱得不行，我时常怀疑他的能力在我之上，只是从不好好运用。

某天跟完一个大案后我们出去吃饭，我喝得有点多，难得多管闲事："你在这个公司的发展空间不大了，有没有想过换个环境？"

他不说话，隔着腾腾上升的热气看着我。

我顿了顿："我倒是想换个环境了。"

其实最近这段时间，我的丝绒绸带越来越困，仿佛动物要冬眠。

它日常就缩在我胳膊上懒洋洋的，得大声叫唤才搭理我。我有点担心它哪天就睡过去，就想着回我的老房子看看母亲留下的稀奇古怪的东西里有没有说明，顺便在那边找份工作。

万人迷小朋友——现在看起来也不小了，仍然用他那副玩世不恭的口气说："你去哪里，我就去哪里。"

我的酒一下子醒了，但是我没有说话。接下来的饭吃得很沉默，吃完之后他照例送我回家，早几年还美其名曰防止变态骚扰，到后来就成了一种习惯。

我和他说："明天见。"

他对我摇了摇手，手插进裤子口袋里。就在他准备转身的一刻我突然叫住了他。万人迷转过身来，好像早有预料那样，眼睛忽闪忽闪的，比路灯更早亮起来。

我走过去快速又坚决地在他嘴唇上亲了一下，正准备折返的时候，我发现那条近期总是昏昏欲睡的丝绒醒了，一端缠在他手上，一端缠住我的手。就像动画电影里那样，我被拽了回去，他一把搂住我的腰，重新吻了上来。

之后他气喘吁吁地对我说："明天见。"

然后酷酷地插着口袋转身走了。

"为什么是我？"我的心跳声格外响，冲他吼道。

"我上班第一天就从电脑椅后看到你露出来的大蝴蝶结。"他同样吼回来，声音还在发抖，"就猜你肯定特别幼稚，特别可爱。"

我很给面子地傻笑起来，站在路灯底下喂蚊子，看他没好好走两步就晃晃悠悠一蹦一跳，还险些撞到旁边的大爷。

隔天早晨我和他一起提交了辞呈，拿着一个月的工资快快乐乐地打算先去外边玩一圈再到我家落脚，其实我是希望给自己，也是给他一个心理准备。

他倒是毫无察觉："我什么时候见家长？你妈喜欢什么样的？我是不是得沉稳一点？我得好好表现表现。"

我的丝绒绸带被他烦得不行，晃晃悠悠起来给了他一拳。

我的钥匙插进门孔的瞬间，房子像接到指令一样亮堂起来，靠在门边的扫帚一蹦一跳地来迎接，水龙头自动打开清洗砧板，冰箱"噼里啪啦"地开阖鼓掌。装在我新任男朋友手提袋里的蔬菜一个个飞出来，刀很自觉地开始切菜。我的丝绒绸带仿佛回家一样有了活力，"咻"地一溜烟飞出去监工。

我说："虽然你也见识过一点了，但我家比你想的更古怪。我妈是个货真价实的女巫，虽然她走了很多年，但她几个朋友还是时常会来这个公寓续个魔力啥的。"

比我想象中还要好的是，他甚至没有露出一丁点惊讶的表情，而是非常自然地拉开凳子："全自动化挺好啊，我本来还在想万一做不好菜会不会被你家里人踹出去。"

我宽慰道："你放心，我家除了我没有别人。"

家具们自己干活的时候我带他参观了一下我家，他在进我小时候卧室的时候突然开口说："你妈肯定很爱你。"

我哽了一下："为什么这么讲，她总是不在家。"

他说："挺显而易见的吧，你看这房间里的桌角柜台，所有尖锐的角都被包了软的防撞布，地上铺了很厚的毛毯，是怕你摔倒。"

"更何况，虽然我不太懂那个世界，但是你家这么多家居全部附上魔力用来照顾你，对她来说肯定也是一笔不小的消耗。"

我看了看："也许吧，可是……"

男朋友忽然握住我的手："我说这个不是让你觉得愧疚。你从来没有和我提过你妈的事，我有猜到你们不是关系不好就是相处得少。即使她爱你，即使她有不得不外出的理由，她确实在你的童年里缺席了，这是不争的事实。你可以选择不原谅她。"

"但我也相信如果她有机会补偿的话，绝对……"

我笑着回握住他的手以吻封缄："你放心，我都知道。"

第二天我们抱作一团起了个大晚，我母亲的几个巫师同事照例直接推门而入，结果发现卧室里还有别人的时候表情格外精彩。

我一点也不尴尬："我回家看看。"

他们说："常回家看看好，好。"

我男朋友一边偷笑一边起来洗漱，我突然想到什么似的，问起那条丝绒最近萎靡不振的事。其中一个年长的巫师沉默了片刻："我理解，你确实没有接触过我们那个世界。"

我说："她从来没和我说过。"

巫师点点头，忽然微笑一下，那微笑莫名很苦："那你想来亲眼看看吗？"

四十分钟后我男朋友和我跟随这几个人出现在一个美术馆外，我们一路走到最后一个展厅，有一幅画在地上的作品，画的是一片潭水，不知道是不是我的错觉，那水好像真的在流动，粼粼波光似乎不是假的，这就是魔法世界的特效吗？

我说："这就是你们世界的入口吗？"

巫师道："这个美术馆就是我们总部的伪装。"他面露难色看向我男朋友，"不好意思，您……"

他耸肩："没事，闲人免进是吧，我就在这里等她。"

我捏了捏他的手，也许是有女巫血脉的原因，我丝毫不害怕甚至觉得熟悉，便抬脚跨入了潭水之中。

世界天旋地转，我一下子翻转过来落到实地，刚才脚下的潭水变成了头顶星空。我们身处的地方是一个纯白色的大厅，到处都有响铃和奔走的人，杂乱得像个集市。

巫师说："每天我们都有数不尽的活儿要做，大巫师更是一年到头脚不沾地，好几年不睡觉也是很正常的。"

我顿时感觉我的前老板也没那么辛苦了。

话音未落，大厅的一道门一闪，一个女巫抱着个浑身是血的孩子行色匆匆，然而她自己的左衣袖飘飘荡荡也在渗血，滴了一路，触目惊心。

我突然想到，当我在为没有人来接而发脾气时，我母亲是不是也正像这样浑身浴血地走过废墟。当我一个人吃晚餐的时候，她是不是死在一场无力回天的惨案之中。

那位巫师轻轻地喊住我："带你去看看巫师死后的地方。"

我们进入一扇门，白光后出现一个展厅，似乎也像美术馆内部似的。然而每一幅画都是一个房间的布景，房间中有小人。他们或年轻或苍老，都是定格在自己死时的相貌。我想，那我母亲的画像一定相当年轻。

巫师一边领我往里走一边说："生前贡献越大，拿到的画框也越大，也就是分到的房也越大。"

"家人们可以随时来这个画展聊天喝茶，互相也可以串门。"他补充，"还挺人性化吧。"

我说："你们老板没少看《哈利·波特》吧？"

我们一路抵达展厅深处。一抬眼，恍惚间好像看到了我家。然而等到走近后我才发现那只是一幅巨大的画，其中家居的摆设，伸懒腰的小猫和闭眼的猫头鹰，都和我记忆里儿时的房子如出一辙。

我情不自禁地抚摸着画卷，却突然想到什么似的："她呢？去隔壁串门了吗？"

随着我的这句问话，原本喋喋不休的展厅安静下来，我心里有一种不好的预感。

果然，片刻后那位巫师轻声道："你的母亲，她没有进入画框的资格。"

我瞪大眼睛："什么？"

他立刻解释："所有入画的巫师都必须保持灵魂完整。"

"而你的母亲。"他顿了顿，"她切割了一部分灵魂留在人间，陪伴在你身边。"

"我们当初都劝她，不完整的灵魂，不回归巫师世界，在人类世界只会逐渐消亡湮灭。"

"可是她怎么也不听。她说她生前没有时间陪伴你，死后一定要补偿一二。"

"至于什么湮灭。"那个容貌仍然年轻的女人笑起来，有点张扬，"拜托？我可是最强的女巫好不好，在我彻底放心这个孩子之前，我是不可能轻易消失的。"

……

我眼眶湿润，闭起眼睛憋泪却想起那逐渐沉睡的丝绒绸带，如今你放心了吗？是因为我终于遇到良人了吗？

心仿佛被钩子攥住一样疼得无法呼吸。我一直以为与她有关的东西是一块污渍，拼了命地想逃走，想要将那些东西从我的生命画卷中剔下去。没想到如今她自己离开了，顺便剜走了我一大块肉。

我不记得我是怎么出那个展厅的，风度翩翩的万人迷先生正百无聊赖，却在看到我的一刻就跑过来，他看起来惊慌失措到极致："怎么了？你怎么哭了？你得和我说……"

我摇了摇头："我只是见不到她了。"

他紧绷的背脊松懈下来，任凭我的眼泪打湿了他新买的昂贵衬衫和西装。他紧紧地抱住我，我知道余生他都不会将我推开。

回到家以后，所有的家居仍然在因为魔力运转。除了那条被我带在身边多年的丝绒绸带。它看起来有点旧，还因为材质原因粘了不少灰，看起来和市面上所有能买到的十五块钱的丝绒绸带一样普通。这也正是我两岁和她路过商店时，央求她给我买的。

可我知道，这是一柄独一无二的丝绒刀。她会划破世界上所有对我不利的人、事、物，却偏偏对我极尽温柔。

微微的甜和苦长久地飘荡在小人鱼的舌尖。

她不自觉地拧起眉头，表情因不熟练的悲痛而微微扭曲。

"这就是我的前菜吗？"半晌，她才开口。

幽灵解释道："当我们死亡后发现无法进食，却仍然会感到饥饿后，我们找到了新的食粮，那就是故事。"

"遗留在船上的物品、货物中都承载着故事，我们可以从中品尝到滋味。"

"同时，同伴口耳相传的故事也能饱腹。"

第二个银盘也被推上了餐桌。

小人鱼盯着眼前这一截干枯的、微微发黑的荆棘，还淋着紫色的、非常迷幻的酱汁。

"你们确定这不会割破我的嗓子？"

服务员面无表情地说道："刚刚从漩涡里毫发无损出来的人快点吃吧。"

前 菜

qian cai

配料

魔鬼的吻、荆棘花、鲜花奶油

这是我做过最值的交易了，和你在一起的每一天就像是浓缩了几十年的精彩，只可惜我的余额太少，不够十年。

爱与死

"寿命能卖钱吗？"

我敲了敲柜台，那个在咖啡上专注拉花的漂亮男人转过身来。

他有一张不那么年轻的脸，但是却有一双清澈到如初生幼鹿般的蜜糖眼睛，听到问话睫毛惊恐得如蝴蝶扇动的翅膀。如果不是我唯一的线人靠谱，我一定不会相信他是一个货真价实的魔鬼。

"女士，我不理解您的意思。"

我重复："我是说，既然什么都可以与魔鬼交易，那么寿命能卖钱吗？我穷得要睡不着觉了。"

他擦了擦手，将咖啡推到我面前："您不是第一个这么问的。我也遇到过许多钻空子的凶犯，试图用带血的寿命交换闪闪发光的金子，在死前风流一把。"

我把斗篷解下，他快速打量我一眼后垂落目光，声音轻柔沙哑得让人于心不忍："但您是我见过的人中最美丽的，何况您还这么的年轻呢。"

我笑起来："我发誓我没有做过除了嫁给我丈夫之外的坏事。"

咖啡师终于想起来我是谁了："即使现在全城都以杀人罪通缉您吗？皇后殿下。"

我是这个国家的皇后，同时也是一个通缉犯。这两者并不相悖。

这个故事很复杂，要从我十三岁的诅咒说起。我当时深受三块钱就能买一扎的烂俗小说荼毒，总想要拥有一段刻骨铭心的爱情。并且凭借自己惊人的美貌，成功赢得了隔壁地主家俊儿子的芳心。

就在我和他"两情相悦"第一次牵手的时候，一坨乌黑像荆棘一样的东西唰地窜上我整只手。俊儿子登时不俊了，"哇"的一声哭着跑回家。

医生看完说："造物主和你开了一个大玩笑。你的美貌有一个附赠品，就是这辈子无法与人相爱。当这些荆棘遍布你全身时，你就枯萎了。找一个不爱你，或者你绝不会爱上的人共度一生吧。"

我当时纳闷，我就不能一个人过一辈子吗？

结果几年后我就碰上了一个无法拒绝的对象。

当时我为了引导一只被荆棘困住的幼鹿走出来，足足蹲了三刻钟，好不容易看它跌跌撞撞向我走来时，我几乎激动到热泪盈眶。谁能想到我脚的酸麻劲还没过，一只穿云箭就穿过小鹿的腹部，它细小的四肢蹬了蹬，不动了。

传闻中刚刚丧妻不久悲痛欲绝的国王兴高采烈地带着他的密友从

森林深处走出来，说今天大获全胜，这鹿全家都死得齐齐整整。

　　他驾着匹快马来到还蹲在地上的我的身边，命令我抬起脸。我惊人的美貌和将落未落的泪水再一次起了效，国王差一点从马上摔下来，据他所说当时以为自己看到圣母再世，救他于丧妻之痛。

　　就这样我成了新一任的皇后，并且开启了我的"背锅侠"之路。

　　他们说我毒害国王让他病危，那是假的。国王身体不好单纯是因为他处处留情，一大把年纪了不服老到处风流。

　　他们说我嫉妒先皇后生的公主，要赶尽杀绝也是假的，明明是公主日渐长大美貌惊人，贵族势力对她图谋不轨，国王根本就放任不管，公主不堪其辱才连夜出逃。

　　去抓人的猎人心软没下手，带回来一颗心脏，说公主在逃窜途中被狼分食了，他只来得及救下心脏。也就是国王嫌倒胃口没有细看就让人撤走。

　　消息传出去了，群众愤慨、悲痛、质疑，他们问为什么公主会往森林里跑？早就看我不爽想找新人的国王心生一计编出个故事，于是我成了千古罪人。

　　我讲得口干舌燥，把手边的热饮一饮而尽时才注意到我的咖啡不知道什么时候被换成了可可。漂亮魔鬼听故事听得津津有味，甚至擦了擦眼角的泪水。他支着腮："因为被通缉，所以你没有收入来源。"

　　我点点头，敞开的斗篷内部还剩下几个零星的金镯，都是我逃亡前带的："我只能变卖首饰，但即使有愿意接手的人也会刻意压价，否则就说要举报我换酬金。然而在我离开不久后，追兵还是会追来。"

　　他表示明白："你厌倦这种没有爱、名誉、安定的生活了。可是，交换到钱财后你又想怎么继续呢？"

我说："先看能卖多少吧。"

他查询了一下我的寿命余额："不多，按照现在的追查密度，你顶多再能逃十年。按照你本身外貌与品性的加成，抵扣诅咒……"

我头大："你直接告诉我，能不能支撑我买通火车人员，逃到蛮荒边境，买一套小房子，平安地过三年吧。"

他眨眼睛："这就是您的全部愿望了？"

我点头。

魔鬼俯身在我手背吻了吻："足够了，殿下。"

说实话我并没有感觉到身体一下子被掏空的虚弱，反而因为一桩心愿达成，难得睡了个好觉。

这个夜晚没有绝望的公主，没有国王的鞭打，阳光从窗口照进来将我唤醒的时候，魔鬼先生已经整装待发，站在门廊外。

我一边吃他做的火腿可颂，一边有点疑问："您要陪我一起去吗？我以为交易已经结束了。"

他挠了挠脸："我的店铺合同也到期了。何况我还是希望能把事情办得尽善尽美一点。"

到了车站，魔鬼先生去购票。

我坐在旁边的长凳上，不远处有两个年轻恋人在闹别扭。其中的男孩走到旁边卖气球处交涉了一番，从对方手中买下了所有的气球。女孩在看到气球后大吃一惊，一手牵住后几乎被带得飘起来，少年急忙抱住女孩细细的腰肢，两人相视一笑，而后把气球发给了身旁眼红的小朋友。

魔鬼先生看我一脸慈祥的笑很是疑惑，顺着我的目光望过去。那女孩很显然会错了意,小跑过来把气球塞进魔鬼手中。我笑起来:"别人送给小孩子玩的,你倒是靠长得嫩占便宜了。"

魔鬼先生老脸一红,挠了挠脸颊:"真是桩强制交易呀。"

我拿过行李箱准备在纷乱的人流中进站:"那就换给她健康吧。"

进站一切顺利,反而是坐进火车后检票员多看了我两眼,我已经握紧了匕首时刻准备着,魔鬼先生柔柔地搭住我的手:"他只是被您的美貌吸引了。"

那小伙子红着脸低下头连声道歉,快步离开了车厢。

火车一路疾行,风景飞速倒退。魔鬼先生轻声问我:"是在告别吗?"我说:"我是在看风景呀。"于是他也扭过脸转向窗外一成不变的楼房。从我的角度望过去,他是背光的,只留下圆润的侧影曲线,边缘昏昏沉沉,模糊缱绻。如果画家有心定格的话,也会是一幅传世名作吧。

当我跟随魔鬼先生到达目的地时,发现我愿望中的小房子已经存在。枫红色的瓦和白墙,门前趴着一只棕白色的长毛小猫——和我小时候幻想的童话一模一样,唯一不同的是没有蔷薇花墙,只有一片枯萎的根茎。他注意到我的目光,解释道:"我以为您想要多做一点事情。"

我笑起来,走过去挠了挠那只猫的后颈:"你想多了,我再怎么样也过不了太多年养尊处优的日子。"

于是他欠身打了个响指,枯萎的花墙就被鲜红的玫瑰取代了,风吹过来,馥郁的玫瑰香包围了我的梦幻小屋。

"这些是永生不朽的。"乐善好施的魔鬼说,"无论刮风下雨,岁月变迁,都不会凋零。"

我说:"那她们就比我更加长命了。"

这位心软得过分的魔鬼愣了一下，我见状摇了摇手表示不用在意。他道："我在那边还有事要处理，先告退了。"

他离开得无比迅速，一眨眼就消失了。我不知道是要吐槽他到底为什么要陪我坐火车，还是吐槽他甚至没有给我一张地图。这房子漂亮归漂亮，但确实是在荒郊野岭中，麦穗一望无垠，看不到远方的市集。屋里有他给我留的粮食，吃完就只能走一步算一步了。

逃离是非不分的王城的狂喜席卷了我，寂静和孤独都显得无比可爱。在我把粮食吃完了，准备一路西行化斋乞讨的时候，一推门却看到了猛然起身的魔鬼先生。

小猫不满地"喵"了一声走开，我假装没有看到脸颊绯红的魔鬼先生西装上的猫毛。他有点急切地问："您要去哪儿？"

我说："解决一下温饱问题。"

他笑着把几个篮筐推给我："之前忘记和您说了，我定期来送。"

我有点疑惑，他不能直接把食物传送来吗？但是我没有说出口，这未免太不解风情了。

我和魔鬼一起用餐时，才知道魔鬼也那么无法忍受安静，他絮絮叨叨地对我说了一些近况，包括有什么交易，什么奇葩甲方。我把笑容埋在汤碗里，感叹得亏和魔鬼交易不需要签署保密协议。转念想想他也很孤独，所以才来和一个将死之人闲聊。

他说着说着还有点委屈，嘴巴张了又闭好几次："您怎么都不说话呀。"

我说："我如今的生活没什么好说的呀。"

他可能想到我现在大门不出二门不迈的宅家生活，表情变得纠结起来，晚饭结束后非要陪我去湖边散步。我们沿着麦田走，我随口抱怨说："这些金黄色实在看得有点厌烦。"

于是他分割出了一片场地种下紫罗兰。下一次我再抱怨时，又重新分了一片花野出来。这样反复几次，到小半年的时候，这块土地已经成了"杂烩"，薰衣草和紫罗兰紧挨着，菖蒲旁开着小苍兰，把天空都照成了五颜六色。

我问他："这些是开在一个季节的鲜花吗？这合理吗？"

他扁了扁嘴："还不是您要求的。"

我张开手臂，在一片纷杂的花香中嗅到一丝格外清晰的咖啡豆的气味："后世有人发现这里，会说这是上帝的吻，是送给女儿的神迹。"

"但却出自一个魔鬼之手。"

"这不是更浪漫了吗？"

在这片花海变成需要付费的 A 级景区之前，它是仅我和魔鬼所能共享的东西。

偶尔我也会问起王城的近况，因为魔鬼先生像怕我难过似的，很少提起那里的事。他轻描淡写地说道："战乱发生了，国王死了。有人匿名放出公主未死的消息，不久后她会被找到。"

我若有所思地咬着勺子，今天的下午茶是栗子塔。魔鬼先生在尝试教我下厨，在发现我对此一窍不通还险些炸掉房子后他终于放弃了，将一周两三次的拜访增加到一日一次。

他问我："您不开心吗？您的清白会被证明的，即使耗时很久。"

我说："那你一定要替我看到。"

因为战乱的原因，魔鬼的业务都变少了。我对此很不解，按理说这才是最多人会试图交易的时刻。他优哉游哉地系好围裙，开始融化巧克力："确实如此,因此,我干脆停业了。战争过后会有大片灵魂迫不得已等待我收割,那时就没有奇怪的要求了,我也不必焦头烂额讨甲方欢心。"

我抱着猫笑得很开心:"你终于有点魔鬼的样子了。"

他闻言很不解地转过身,摸了一下鼻子:"我之前很不像吗?"

魔鬼先生这样说的时候,鼻尖还有一团粘到的巧克力,看起来更像某种食草动物。我笑得前仰后合控制不住,这感觉有点陌生——曾经在皇宫放声大笑是不被允许的。他也勾了勾嘴角,当天做出来的黑森林蛋糕格外好吃,可能是因为加入笑声的缘故。

晚饭后例行散步的时候,我突然心血来潮:"湖边可以打一只秋千。"

他说,反正时间还长,不如亲手试试吧。

当天晚上我就兴致昂扬地画好了设计图。

第二天早晨,我们开始着手制造秋千。虽然我说过自己养尊处优,但是我在成为皇后之前也是个在田野里自由飞翔的野孩子,不至于举不起榔头。后来因为木板长度错误导致前功尽弃,一天的工期被延长到三天。

在魔鬼先生小心地磨掉木刺的时候,我坐在旁边吃甜品。已经入了深秋,风吹得猎猎作响,我时常感到冷,打了个惊天动地的喷嚏。他放下工具朝我走过来:"回家吧。"

我说:"秋千呢?"

他打了个响指,秋千完工。

我笑着戳了一下他的太阳穴:"到最后还是得借助魔法啊。"

他没有反驳:"魔法改变生活。"

原先屋子里没有壁炉，我在厚软的毯子上打滚撒泼对他说："皇后的梦幻小屋里怎么能没有壁炉呢？"他无奈地笑笑，然后当天深夜我和他就坐在了壁炉旁边烤火，我说冬天就快来了，我们会有很多新的乐子。

他喃喃地说："这是第一年了。"

我半梦半醒："过得太慢了？"

他摇摇头："也许有些太快了。"

因为劳累，第二天我睡到将近中午，听到"丁零当啷"的声音之后，我穿着睡衣顶着一头乱发跑出去，没想到这个魔鬼表面甜甜蜜蜜，背地里居然背着我偷跑，那只简单的秋千被刷成白色，还悬挂了玫瑰装饰。

我迫不及待地站上去，他犹豫着问我要不要先吃早午饭，我轻轻踹了一脚他的肚子："快推我呀。"

飞到比我人还高的时候，我已经乐不可支，哪里还有半点昔日皇后的样子。女人的快乐就是这么简单。我还不停地问他有没有吃饭，推大力点。到最后魔鬼先生被我说得脖子都红了，铆足了劲，以送我和太阳肩并肩的架势，狠狠地推了一把。

呜呼，起飞。

是真的起飞了。秋千的绳子断掉，我整个人姿态非常优雅地掉向我眼前的那个湖泊。魔鬼先生急得风度尽失几乎破音，我想大喊我会游泳，但还是选择了憋气迎接水。

然后，我感觉到湖面因为接住我而凹了进去，又弹回平面，我坐在了湖面上。

他快步跑过来："您受伤了吗？"

我好奇地舀了一把水珠："弹性真的有这么好吗？"

魔鬼先生把我扶起来，我尝试在水面上走路。每一步脚下都荡起涟漪，我能够感到趾缝的湿润，湖水甚至洗掉了我先前沾到的污泥。

我看了他一眼，然后咧开嘴笑。他像知道我的意思一样，和我同一时间迈开步子奔跑，跑到湖中央时我甚至能看见脚下的游鱼和水藻，想必这是太多人一生也不会见到的奇景。我们从湖这边跑到另一侧，看着被埋在花海中的我的红砖房。小苍兰色回荡在天空，我甚至突发奇想，此刻的薄云做婚纱会很漂亮。

我气喘吁吁："你究竟还有多少惊喜是我不知道的。"

他噘嘴："我都快被你吓死了。"

然后我们没有再说话，只是长久地凝望眼前油画般的美景，直到我感觉有点冷，他拿出了口袋里的罩衫。我很认真地说："这是我做过最值的交易了，和你在一起的每一天就像是浓缩了几十年的精彩，只可惜我的余额太少，不够十年。"

他没有理我，我反而喋喋不休起来，此前我们很少谈及有关我寿命的问题，就好像有意被盖过了。我问："你说，我会怎么死去呢？是猝死？还是出门的时候被天降的木头砸死？这是可以自由选择的吗？不管怎么样，我希望我可以不要太痛苦，走得比较漂亮。"

他甩掉了我的手，看起来有点莫名其妙的生气："我不知道。"

但是这个问题不久之后便有了回答，第二年的这个时候，我身上那些藤蔓已经覆盖了四肢。我当然知道原因，因为我确确实实对这个魔鬼动了心。只是长势如此之快是前所未有的，我的死法显而易见。

我坦然地接受了这份感情，也一直不对人提起，只是按照这样下去，可能不到第三年我就没了。那又如何呢？我内心无比平静。

在发现我再也不脱手套和长袜后，魔鬼先生反而开始疏远我。在他向我伸出手又收回去，眼光熠熠闪烁几乎照亮这个阴天时，我突然明白了为什么荆棘长势汹涌。

因为这不是我小时候和地主家俊儿子那种短暂草率的谈情，也不是我单向付出的爱，而是爱与被爱。

我想笑着问他：和客户恋爱是能被允许的吗？跨物种恋爱是可行的吗？

可是我最终说："你这样有害无益，思念只会因为距离遥远不减反增。"

他沉默良久，最终走过来，摘掉我的手套，抓住了我已经看不出本色的，黑漆漆的手。

名誉、安宁、爱——我最初想要的，现在我全部都有。

第三年，这份爱意因为长久陪伴而不如最初时汹涌翻滚，变得绵绵密密，荆棘长势开始变缓，而我们花了大量时间对视、沉默，在这个乐园里发掘新鲜事物。

春天时，我学会编玫瑰花环而不被刺伤，粉玫瑰花环扣在他发顶上使他看起来宛如一个天使；夏天的时候他松口，不再像前两年那样限制我吃冰激凌的数量；秋天，我们在第二年建造的枫叶林中，挑了最大的一棵做了一个树屋，它是听雨的最佳去处，偶尔风会裹挟雨水打进来，而魔鬼的怀抱无比温暖，这浪漫得有些过分，确实值得写一本书；冬天的时候，我们回到了红砖房，我感觉到死亡的脚步一天天走近，而罪魁祸首就在我的身边。

我居然要为爱而死，这是我从未设想过的道路。他三番五次问我，你想不想要收回愿望，他可以扭转时光到未相遇之前，我还有十年，即便是东躲西藏的十年。

我说，绝不。

他沉下表情，若有所思。

某天早晨，我睁开眼睛的时候看到他的睡颜，过长的睫毛因为紧张而微微颤抖。我知道他在装睡，我和魔鬼同床共枕，却在数他的眼睫毛。数到第十七根的时候，我感觉到那种迷人的轻盈，我确实飘起来了。

我能看到我枯死的黑色躯体留在床铺的波涛中，荆棘交会在左心房，心脏炸裂出一朵玫瑰的形状。我最后看到的画面是他抱起我的遗体，然后像他第一次拜访我时那样，唰地消失了。

我从没想过再见到他，也没有想过我能被好结局眷顾。直到我重新睁眼，发现处在一片人来人往的大厅中。面前的工作人员很不耐烦："赶紧在合同上签名，准备转世。你这一辈子虽然和魔鬼勾结，但是命苦，还是有可能上天堂的。"

就在我迷迷糊糊拿起笔准备签名时，有人捉住了我的手。我抬起头，看到我的魔鬼对我笑了。

"做个交易吗？"

我问："如何交易？"

他单膝跪下，吻了吻我的手背。

然后站起身扭头当着诧异的工作人员的面说："足够了，殿下。"

天旋地转，我的魔鬼带我重返人间。

我们处在一片废墟里，我勉强认出这是他曾经的咖啡店。

他喃喃自语："没想到打得这么厉害，还好没有续租。"

我想问他这是怎么回事，却发现他握着我的手，直接穿过了玻璃窗，来到兵荒马乱的王城主干道。我低头发现那些黑色的荆棘消失了，变成一双黑色钩花的蕾丝长手套，而我身上的裙子变成了冰凉的粉白色礼裙，随着风微微晃动。

我问他："你不是说云做婚纱是不可能的吗？"

他挠了挠脸颊："那时候你是人呀。"

我勉强咬着后槽牙没有落泪："那我现在不是人了吗？"

魔鬼有点慌乱："是我擅作主张完成了交易，也算是强买强卖。"他小声念叨，"你不会拒绝吧，如今，你是我的同事了。"

我们掠过皇城，收割着飘荡的游魂。我从未感到如此轻盈，即使我已经没有了呼吸。

"皇后死去也能转职当魔鬼吗？"我开玩笑地问他。

"这有什么。"他眨眨眼睛，"我生前还是一只被国王射死的鹿呢。"

小人鱼吃完这节外表丑陋的荆棘后，表情相当复杂："我感觉我被喂了一嘴狗粮。只要跟你在一起，做魔鬼也是好事情，这是什么绝世爱情。一开始我还在为皇后即将命不久矣而感到揪心，结果你说这是蜜月旅行都不为过吧？"

幽灵们纷纷露出理解的表情："我们当时也是这么感觉的。"

不耐烦的厨师长用巨大的勺子"哐哐"敲着铁锅："上菜了！"

接下来是两道汤。

他第一勺舀出的是一碗黑色的浓汤，小人鱼小心翼翼地挑出了一小撮猫毛，这看起来并不像是什么能吃的东西，她的胃应该也不具备能消化猫毛的功能，可最后小人鱼又在厨师长节约粮食的威迫下将其放了回去。

　　明明同一只勺子，第二勺盛出的却是以低饱和度的浅棕和粉色构成的，宛若一幅油画被框在盘子这画框中的汤。

　　厨师长抄起勺子："喝。"

　　小人鱼乖巧地捧起汤碗一饮而下。

汤

配料

一把黑猫毛、铜戒指

一百年的空缺折叠成十五年。我不
会眨眼，等到他手指枯槁戒指滑
落，等到他睡到黄土之下。然后，
换我来等他。

迢迢

　　据官方公布的数据，全国有百分之七的人口拥有兽人血统。虽然大部分时候毛孩子们都藏得很好，但偶尔也会露出马脚，尤其是情绪激动的时候。

　　比如对门那个表面上和我针锋相对、水火不容，实则经常八点半聚在一起嗑瓜子、吐槽电视剧的小巫女本体是只垂耳兔，她藏了很多年，连我都不知道。直到那天被她扮猪吃老虎的竹马弟弟冷不防亲了一大口惊到窜出两只长耳朵，还恼羞成怒地把围观看戏的我踹了一脚，力道大得我差点当场去世。

　　长相很乖但是大狼尾巴在身后甩啊甩的弟弟笑眯眯地追过去哄了，我有点酸，因为我丈夫也有一条毛茸茸的大尾巴，只可惜除了我把他捡回来的头两年，后来我再也没有机会揉到过。

三百年前我还是一个在当地小有名气的小
魔女，后来魔女行业越来越不好做，不是要捡孩子、
养孩子、和孩子搞在一起，就是要和恶龙相爱相杀搏出
位。于是我放弃了参加"魔女101"成团出道的愿望，转身
向霍校某位学长学习，潜心研究小动物图鉴，顺便呼吁保护一下
濒危兽种。

　　等我差不多把大陆上所有奇形怪状的动物都记录完，一看时间也
才过了一百年，而我身边的魔女标配宠物——猫头鹰和黑猫也不知道
换了多少批。兽族生命短暂，用人类形态生活可以在有限程度上延长
寿命，但是到底不自由，还需要东躲西藏，因此当时的兽族宁可在短
暂的十几年里尽情奔跑、飞翔，也不愿意为了多活十几年苟且化人。
毕竟做人太累，条条框框那么多，一点也不自由。

　　我一晃神的百年里换了将近十只猫，每当这些小毛孩子的呼吸弱
下去时，我的心脏就会小幅度抽搐一下。正当我准备放弃，和魔女协
会打申请不带宠物的时候，一只有着棕白色长毛和大琥珀眼睛的猫咪
出现了。他告诉我，他和普通猫咪不同，他是拥有无尽寿命的灵猫。
因为我当年制作图鉴时帮助了他的亲族得以延续，所以他要来向我报
恩，从今以后做只属于我一个人的猫咪。

　　其实一开始我是拒绝的，我堂堂一个魔女，身边不跟黑猫，魔女
协会的成员看了一定要笑话我。但是他一歪头，在地上一打滚，大尾
巴软肚子看起来特别好揉，我就勉为其难地接受了。

　　很快我就发现，他比我之前养的那些挑剔得要命、还三天两头往
外跑的黑猫可爱多了。他不仅非常恋家，还会给我打扫卫生，小短腿"哒
哒哒"迈得非常利索，唯一一次晚归滚了一身泥，小漂亮猫变成了小
花猫。他对我喵喵叫："去给你买花结果淌泥地了，短腿不方便呀。"

我心想你淌泥地居然可以陷五个小时，这腿得是有多短。但是小猫咪可听不得这话，所以我抽了根手指饼干一指："给我变。"他就变成了个模特身材的小美男。我很满意地拍拍膝盖："这样就方便了。"他条件反射地"哒哒哒"跑过来往我腿上一坐，然后很不好意思地跳起来："要把你压坏了……"

　　我倒是不担心，但是他那条蓬松柔软的大尾巴还在屁股后面晃啊晃的，我很怕被他一屁股压坏了。

　　我家小灵猫刚变成人的头两个月还有些不适应，有时候我从卧室出来就看见他在地上手脚并用地爬，或者条件反射地舔舔手掌，换个人做我怕是要恶心到把隔夜饭都吐出来，但是他做就显得非常娇憨可爱。毕竟脸蛋生得那么甜，那么精致，生长得那么缓慢，就好像还不知道自己已是个身长脚长的男人一样。

　　我喊猫猫，把他招过来，捏捏他的下巴，顺着背脊摸下去，他会呼噜呼噜个没完。半年过去他动物的那一部分习性就渐渐消退下去，变得和人类没有多少区别。

　　我把他以恋人的身份引荐给街坊邻居，砸了星象仪的一部分做成假对戒，然后在他熟悉市镇之后给了他高度自由。新入人类社会的小猫对一切都好奇得不得了，逛逛鱼市，挠挠鸟廊，到处拱拱。

　　我没有给他设过门禁，就像我没有给他起过名字一样。我的猫是属于它自己的，它可以像我之前养过的所有黑猫或者猫头鹰一样自己跑掉或者死去。他对我的放养教育反而有点失望，但是小灵猫很乖，从小到大不露负面情绪，只有一次例外。

　　那天早晨我的小猫照常出去买鱼虾，然后给我带花，即使我没有要求过。可一直到过了饭点后的两个钟头他才回家，耳朵后、衣服上染着不知道谁的血，身后还跟着一个面色惊恐的小姑娘。

小猫支支吾吾地给我解释，这个女孩被好几个恶霸堵在墙角，然后他忍不住出手相助。我第一反应是：灵猫果然不一样，我家孩子真能打。

但我注意到这姑娘的恐惧不仅仅来源于那几个恶霸，她离小猫近一点都会发抖。我叹了一口气，猜测可能是因为他在撕扯过程中显露了真身，被这姑娘看到了尾巴或者耳朵，兽人在当时属于异类，她会感到害怕也正常。

于是我亲自送姑娘回了家。回到屋子的时候小猫穿着围裙，轻手轻脚地置办饭菜，等到我坐下来开吃的时候他反而不好意思看我了，低着头说："对不起，把你的花丢了。"

我从他耳边抓出一小瓣幸存的玫瑰，手晃了一晃变成一枝开得正艳的花，重新别回他的耳朵后边。他软软的棕色头发动了动，冒出两只毛茸茸的耳朵。我忍不住笑起来："小猫，你可千万把耳朵藏好啊。"

从那天起他就藏得很严实，连用爪子洗脸、对鱼过分偏爱的习惯都在努力改。可第二天早晨我家房门就被人用红墨水写满了"怪物"两字。如果换作再早一点，我可能会忍不住把这个村烧掉，毕竟魔女从来都不是什么好人。但是现在为人父母，不可以给孩子立坏榜样。所以我和他收拾了东西往城市外围搬，那里人烟稀少，甚至还有一片可以给他跑跳的林场。

我们在那片森林中度过了一段非常宁静的时光，平静得只剩下蝉鸣和晚风。我几乎试过了市面上的所有魔法和药水，读完各式各样的书籍，实际上我很难懂人类的爱恨，我们不痛不灭，鲜少泪流。我无聊到开始数他的眼睫毛，他的眼睛正紧紧盯着树枝上的小鸟。

我问小猫："我活了这么多年，还有什么事情是没有尝试过的呢？"

一个字在他的猫舌头滚了很多遍，最终吐出来的是："做梦？梦不受控于你，梦境中魔法都不能使用。"

我揉了一把他的猫头夸他小聪明蛋，然后放了一堆法阵和魔药，准备大睡一觉。

临睡前我和小猫说："如果有你应付不来的急事，你就敲碎那个戒指叫醒我。"

他歪歪头："如果我想你了呢？"

我说："你也敲碎戒指叫醒我。"

他笑了："如果……"

我一把捏住他的嘴唇堵住他要说的话："如果你等不下去，觉得无聊想要离开了，不要叫醒我。"

我真的讨厌告别，即使这么多年我一直在告别。

那一觉我确实睡得酣畅淋漓，那些乱七八糟的助眠法阵全部耗尽。我在梦境中体会够了光怪陆离的生活，甚至摸出了规律开始操控梦境，直到假扮一个普通人度过了平凡一生之后才慢悠悠醒过来。我大概睡了有一百年那么久。

等我醒来的时候，窗外风景完全变了，街道熙熙攘攘热热闹闹，没有变的是我的小猫的外貌。他蜷着修长的身子，皮肤在阳光下照得近乎透明，依然年轻，依然美丽。而他的那个戒指因为一直被摩擦着，没有生锈。可是他一次都没有敲醒我，就因为我想要尝试一下做梦。

这次轮到我等他醒来了，我垂下脸看着他。

在小猫懵懵懂懂睁开眼睛时，我突然说："如今还剩一件事情我没有尝试过。"

他没有像原来一样歪脑袋，只是发出一声疑惑的鼻音。

我亲了亲他的睫毛："是睡前你想说却没有说的，爱。"

小猫待在原地愣了一会儿，兴高采烈地扑腾起来，他在袖子中舒展的五指很像肉垫和爪子。他给我拿来时兴的大衣，拉着我奔出家门，这次是他带我出去逛街。出门前我看到，花瓶里放着新鲜的玫瑰花。

一路上他和别人打招呼打得特别自然，大妈们满心都是"这孩子要是我女婿多好"，少男少女也是满眼眷恋。我既有种我家有儿初长成的骄傲，又有点不满，于是一个劲把他往怀里揽。

这缺根筋的毛孩子还在喋喋不休："我早就喜欢你了！你为什么挑现在才说呢？是因为要考验我有没有独当一面的能力吗？"

我打断他："你就当是日久生情吧。"

日久生情的缺点就是不够浓烈火热，我看着他把手搭上我肩膀的时候依然可以想到他小爪子踩在我膝上的触感，所以睁着眼睛亲吻他变成一件很难的事，他却不一样。

我甚至抱怨过他亲我时眼睛瞪得大大的："我们离得这么近，我的脸不会扭曲成怪物吗？"

他在我下巴啄个不停："我是猫呀，看到的世界本来就不一样。"

所以，在他还是只猫时，我一向自傲的漂亮脸孔就很扭曲了。

半夜的时候他睡不着，眼睛依然亮晶晶的。我不需要睡眠，于是凑近了去盯。

"近期发现的那对双子星应该用你的名字来命名。"

他笑得脸皱起来："我甚至没有名字。"

于是，我们又有了新的目标，那就是为他找一个名字。

新生活很愉快。时代变了，对于事物的接受程度大幅度提高，各种不同的感情非常常见，甚至天敌之间都不是没有可能，比如我对门那对狼和兔子。

得知他俩的事情后我家小猫非常杞人忧天："你说狼会忍不住把她吃掉吗？"

我揉揉他的头发，满脑子都是兔子白天那双毛茸茸的耳朵，一时间非常心痒："不会的，他会在把她吃掉前拔掉自己的牙。"

"把你的尾巴给我揉一下吧。"我捏捏他的脸蛋，"耳朵也可以。"

他的脸皱成一团，不搭理我。这是我这几天第三十五次被拒绝，连拿他最喜欢的小鱼干和薄荷引诱都没用。

我家善良的小猫果然没能担忧太久，第二天跋扈的小兔巫女就又带着男朋友来我家做客。两个男士在厨房忙东忙西，我俩就各占据沙发一头，看电视上演的魔女爱上圣女的电影，顺便侃天侃地。她开始给我说她和狼弟弟过去的故事，我不甘示弱讲我和小猫过去的故事。

结果这个丫头居然紧抓着我原先养黑猫的事儿调侃我："你做魔女真失败！它们只舍得跟你十五六年。"

我白眼猛翻："拜托，人家一辈子也就十五六年，难道我让它死而复生吗？"

她瓜子嗑得飞起，一双美腿很不在意地往桌上一跷："不会吧不会吧？不会还有人不知道猫都有九条命吧，愿意化人形陪在你身边怎么着也有百八十年了。"

我的心里咯噔了一下，她可能觉得说得有点过分，站起来拍拍我的肩膀，安慰道："不过猫每死一次，他作为猫的那一部分就会失去一点，越来越像人。猫是关不住的动物，他们天性如此，让他们放弃自我未免太残忍了。"

晚饭结束后这对浓情蜜意的小情侣回家了，我的"小灵猫"在洗盘子，我就从他手臂底下钻进去抱住他，顺着他的脊柱摸。

我说："让我摸摸你的耳朵和尾巴吧。"

他很无奈："是你让我藏好的，不许摸。"

我沉默了一会儿："是不许，还是你已经没有了？"

我的小猫僵直了一下，只是他如今已经不会炸毛了。他声音低低的，柔软得像拿尾巴在我心尖戳："我还以为你不知道呢。"

我的眼睛有点酸："你现在还剩几条命？"

他把手上的泡沫冲掉，把手臂大大打开，居然还笑得出来："这是最后一条啦，我现在和普通人一样。"

让我数数吧。

第一条命是在泥潭里，也许被某辆马车轧过，才会痛苦五个小时。

第二条命是救那个小姑娘，和那些身强体壮的人在争斗过程中死去，然后再复生，所以她才会那么害怕。

后面的几条命，就在我漫长的睡眠里，悄悄地溜走。他年轻，他老去，他变成枯小的一只，在灰烬中重生，然后摩挲着那个戒指想念，没有叫醒我。

他是一只有普通短暂寿命，但是可以挥霍九次的猫。

我紧紧地抓住他窄瘦的腰，恨不得把那个戒指摘下扔掉，好让他不要在一个与时同长的怪物身上浪费有限的时光。可是我不想让他走，因为他是唯一一只没有趁着夜色逃进森林离开我的小猫。

第三天我和他拿着行李离开了这间屋子，小兔子和她的男朋友在门口你一言我一语，看到我们踏上火车，她问我："喂，你要和你的小灵猫上哪儿去？"

我向她摇摇手："不会吧，不会还有人不知道世界上压根没有灵猫吧？"

她愣在她男友的怀里，一下子不那么眉飞色舞了。

我倒是很坦然，握紧了小猫的手。火车鸣笛，终点是我在地图上抛硬币，看落点盲选的。 我们将这次旅程作为告别，找一个无人问津的地方，任他抓鱼跌个满身滋泥儿，恐吓新生的鸟雀，不必收敛；

在荒漠中找一个名字，一对与时同长的星星；还可以跑进繁华集市的戒指店欠欠儿地说，你家戒指没有我的好看。那些枯萎的岁月不要紧，他还会买来很多鲜花。

一百年的空缺折叠成十五年。我不会眨眼，等到他手指枯槁戒指滑落，等到他睡到黄土之下。

然后，换我来等他。

汤
tang

配料

不褪色的颜料、沾泥的戏票

十七岁到七十岁，我一直忘记，可是又没有忘记你。今天我们分离，明天我们就会再次相遇。

一千零一夜

我爱上了一幅画。

我年轻的时候有一小段时间对绘画有兴趣，即使如今已经遗忘得差不多了。但不管是从笔法、透视还是上色等角度来看这幅画都算不上佳作，似乎是有什么鞭赶着画师作画似的。

可是当我看到这幅画中的少年，看到他拿着银梳的泛红的指节，隐在棕色发里的一小撮羊毛，和明亮又羞赧的眼睛时。我就立刻不可遏制地爱上了他，同时立刻明白这幅画出自一位情人之手。

草率的纱幔、香氛、墨水台，甚至他握着的那把梳子，都是为了突出画家眼中这位星辰一样的牧羊少年。随之而来的是一股伤悲，我意识到我已经七十岁了，居然会爱上一个画中的少年。

我对这位少年的爱是脱离低级趣味的，我

只是想看着他，并不在乎他是否爱我。我甚至不嫉妒那位画家情人，只埋怨她为什么没有留下更多有关这位少年的作品。我这样荒谬且孤注一掷地爱上了他，在我印象中这样浓烈的爱还是头一次。

以至于闭馆时间已到，我鬼使神差地问馆长："我可以再留一会儿吗？"

这位面容亲和的女士微笑着，好像经常遇到这样的情境："当然可以，太太，他实在很迷人。"

于是我拥有了独享少年的机会。我不由自主地起身，将脸贴在画上，没有人阻拦我。我能感到颗粒的起伏，想象是我跪在他睡裙的膝头。就在我小心翼翼地将手指贴在他的指尖上时，他眨了眨眼睛，握住了我的手。

我跌入了画中。

油彩流淌过我的皮肤，在进入到那个被玫瑰香气和阳光填充的空间的同时，我有了一双年轻的手，不用担心干瘪的手指会擦伤他的肌肤。我一见钟情的少年站在我面前，微笑着。他一手握着梳子，试图解开发间缠绕的粉红缎带，女式的睡裙褪到腰间，一半还挂在肩肘。他因为被顽皮的情人趁着午睡套上女装而窘迫不已，手忙脚乱地试图摆脱，却让耳尖变得比抹了胭脂的脸颊更红。

这个场景太可爱太生动，我忍不住大笑起来。于是他停下来转过身，无奈地看着我："你不应该这样的。"

"对不起，但你实在太美了。"

他把衣裙提了提："我知道，这样的赞美我听过很多次。"

我在那张大到奢侈的床铺上滚了一圈："还有很多人来过你的小房间吗？"

"你说得我像是一个……这也不是我的房间。"少年的声音低下去，"没有了，只有你这样称赞我。"

很显然，这并不属实。只是当他的眼睛那样看你时，你愿意把谎言都当作真理。我坐起身："好吧，那来说说你的爱人吧，她一定很爱你才会画出那样好的作品，让我这样的老太太都无法控制自己，情不自禁为你心动。"

爱人的话题让我的少年抬起脸，显得快活起来，他朝我伸出手说："走吧，我带你故地重游。"

从这间卧房的正门出去，直接进入的是群山包围的湖，也就是挂在少年左边的那幅画。我嘟囔说这是不实际的，如果这真的是他们的约会场地，他们就要翻越群山，耗费很多时间。

少年已经撑起了船，摇摇晃晃的，他的大笑让船更颠簸："可那时我们十七岁，最不缺的就是时间。"

湖就像一只小碗，睡在山的怀抱中。少年拿起遗落在船只上的花伞，我们坐在小小的阴影里，任凭风推着船走，横竖也逃不出两岸的青苍。我爱的小少年动起来比他静态时更美，就像这湖也比我在美术馆看到的美丽太多了。

那个情人真的不是一个好画家，又或者是她有意丑化此处，好让没有人愿意来访，好让它成为彼此的秘密花园。

等到伞的阴影和伞外的颜色融为一体，就是夜幕降临。喋喋不休的少年停下了，船也抵达了彼岸。有一条小小的，通往山上的陡路，少年精于此道，走起来很利索，他不时回头看我,而我的长裙子很累赘。

等到阳光再一次出现的时候我们才来到山顶，少年指着远处白茫茫软绵绵的羊群说："你看，这就是另一幅画了。"

我们走到羊群中去，天光云影收纳折叠在他的手心。我的少年，他到底只有十七岁，不知道体谅我这个七十岁的灵魂，他在羊群中穿梭自如，而我跟不上他的脚步，被白色淹没了。

我醒来时在自己家中，侍女说我在美术馆睡着了。这个绮丽的梦境似乎点燃了我的某种活力，它在我的内心深处腾腾燃烧，驱使我再一次前往美术馆。少年没有让我失望，我遍布皱纹的手在触碰到画布的那一刻被抚平了，我再一次潜入画中。

少年又在解缠绕着的丝带，他看到我："你来了。"他走过来，撩起我的鬓发检查我身上是否有伤口，"对不起，我忘记你不是她了。"

"她第一次和我牧羊时也被冲散了，你知道吗？我还被她父亲狠狠揍了一顿呢。"

这一次，我跟随牧羊少年从卧房的窗口一跃而下。我们在一个富丽堂皇的剧院中散步，少年告诉我，那是他在泥地里捡来的一张票子，并且在这里初遇了他的画家爱人。

"就是这个位置。"他指着二层帷幕遮挡的包间，"我猜她从那里看见了脏兮兮的，格格不入的我。"

我赞许地点点头。我能想到黑暗中他抬起脸时明亮的眼睛如何牵动了一个年轻少女的心，此后台上会演绎什么样的悲欢离合，都不再重要了。

离开剧院后我们来到肮脏的小巷，少年告诉我，他是如何和爱人交换第一个吻。他赤着脚站在脏兮兮的泥地里，被嚣张跋扈的千金小姐摁在墙上。她穿着高跟和昂贵的长裙子，踮起脚尖才吻到他的下唇。

我想着那些场景，觉得美妙无比。少年柔韧有力的手在月下撑过船，也抱过新生的羔羊。他的唇尝过集市上顺来的樱桃，也小心翼翼地吻过女孩擦破的额角。他是三分钟热度的绘画者的模特，会为了今天的晚霞不够迷人而连连叹息。谁能不爱他呢，他就是最美的恩底弥翁。

我们一起回到千金的卧房里，少年熟练地教我怎么攀上二楼。

我说："既然你和你的爱人如胶似漆，为什么她没有出现在画里。"

"她当然在啦。"少年笑起来，他把那把梳子塞到我手里。

那件局促的女裙、柔美的纱幔、精致的珐琅香水套组、滑稽的蝴蝶结缎带，都是她的痕迹。她存在于画的每一处，如天鹅绒环绕着展示的珍珠，这幅画就是他们的合照。

我把银梳子握在手心细细把玩，不偏不倚折到了阳光。因为刺痛我闭起眼睛，再睁开时却在我的房间。

担忧的侍女站起身告诉我，我再一次昏睡了，我坐起来，手心捏着那把漂亮的银梳子。我告诉自己，这不只是个梦。

美术馆的二楼总共有十几幅画，全都出自那位千金画家之手，完成时间很接近，我想都是他们一起去过的地方，除了这幅没有名字的肖像之外毫无亮点，二楼甚至看不见几个客人。馆长是个不求客流的人，才会同意悬挂这些画。

在馆长担忧的目光下，我再一次提出了我的请求。闭馆后，唯一的灯光落在我和画之间，我再一次进入了画中的世界。

接下来的几天少年带我逛遍了美术馆二层的所有地点，我终于忍不住问出最开始的那个问题："为什么只有十七岁的你呢？"

少年说："她也画过、雕刻过其他年龄的我，可是都不满意，那些画稿最终变成了一堆废弃的稿纸。她是一个记性很差的人，总是会不停遗忘，能够完成这一张已经很不容易了。"

我沉默了片刻："她不能看着你画吗？莫非你们分开了。"

少年说："是的，我们不久后分开了。十七岁是最好的一年，即使是她也能记得清楚。"

我问："为什么呢？"

也许有关分离，一个七十岁的老人不应该天真到让一个十七岁的少年来解答。

"为什么呢？"他并不嘲笑我，轻柔得几乎像是在哄小羊羔入睡，"也许是阶级。你看到了吗？一个是备受恩宠的千金小姐，一个是牧羊人。阶级比山海更难踏平，她的父亲也许威胁了她。"

我不认同。

"又或许是他为她付出了生命？"少年说，"我说过她的记性很差，不定期就会忘得一干二净。她只身前往湖泊险些落水，而少年为了救她死去了。这也是为什么我停留在十七岁。现实一点吧，让人分开的理由太多了。"

我笑起来："又或许，只是他无法忍受他的爱人日复一日遗忘他，所以不告而别了呢。"

"现实一点吧。"我吻了吻他垂下来的脸，"这不是你的错。她即使有病也有万千人宠爱，他却是个无依无靠，每日辛劳的牧羊人。"

少年的眼眶有点泛红："对不起，我不想让你知道的。"他终于把粉色的缎带摘下来，"六年过去，她的遗忘症越来越严重。他无法忍受枕边人一睁眼慌张的表情，尖叫着要他滚出去了。"

那些苍翠的树林和湖泊被冲淡稀释，二十三岁的牧羊人最终选择了离开。

而外行画家在短暂的清醒时间里，凭一点点模糊的记忆还原了十七岁的，仍然热爱她的少年。那时候彼此还很赤诚热烈，源源不断的冲动支撑他们走过高山和肮脏的巷子，他们以为爱可以轧平所有风波。

只留下一张画，是因为她怎么也想不起来了。二十三岁的他已经显得疲惫，眼睛不再如星辰；三十岁的他也许结识了一个善良勤快的卖花女，他们一起在原野歌唱；三十七岁的他仍然美丽，尽管那种青涩的气质悄悄溜走了；四十岁的他是盛开的玫瑰，尽情妖艳，末瓣枯萎是因为无法承载那份红的重量；六十岁的他看着一双健康的儿女，欢笑着跑出去拥抱山岗；七十岁，他也许死了，也许还活着，但那都不重要了。蹩脚的画家试过去画不同时期的少年，可是她没有记忆，无法想象，永不满意。

十七岁的少年变成她唯一的安慰和庇护所，那一年、那一个充满香氛和阳光的房间，成为他们所能共享的全部事物了。

我爱上的少年开始流泪，可是他什么都没有做错。我眼前的这个少年，只是十七岁那一年的他而已。他为接下来的那个与他无关的男人买单，只因为我自己挖掘到了鲜艳颜料下的难堪真相。我擦掉他的泪水，沉默良久后说："我该走了。"

牧羊少年握住我的手："你还会再来吗？"

我笑起来："你上次问过我了，记性差的不是你而是我。"

在挖掘到真相的瞬间，我枯萎老去了，画的世界也摇摇欲坠，要将我这个外敌赶出去。我睁开眼，看到陈设相似的，只是时光雕刻后的房间。阳光和玫瑰的气味已经死去了，剩下的是一种老态。

我问站在床边的忧心忡忡的馆长——我的妹妹："这是第多少次循环往复了？"

"一千多次，我已经数不清了，姐姐。"她说，目光悲哀怜悯，"你有时候在去美术馆的路上就会忘记，可是过几天还会再去。我试过拒绝你的请求，可是你不记得我是谁，你会发怒和哀求。我们只好陪着你一起演戏。即使今天你想起，不久后你会再次忘记。"

没有关系。我握着那把梳子，看着我的梳妆台和泛黄的纱幔。它们和半个世纪前的那张画重叠。

十七岁到七十岁，我一直忘记，可是又没有忘记你。

今天我们分离，明天我们就会再次相遇。

"这两道菜一言难尽。"耿直的小人鱼咂嘴评价道，"前者虽错失良辰但是爱却无尽绵延，后者面临无数次的遗忘，明知不可却还要去用力相爱。"

"爱是痛苦的附属品，而非相反。"幽灵发出一声叹息。

小人鱼抬手止住了厨师长进后厨的动作，她避开那个到处甩出汤水的巨大勺子。

"我喝得太快，稍微有点吃饱了。"她立刻补充，"你们在船上被困多年，这些故事一定也听得厌烦了，不如加点新餐。"

躁动的幽灵们立刻排排坐，露出了小耳朵。

小人鱼坐正了，神情虽然冷淡，但还是可以窥到一丝温柔。她十指交错抵住下颚，缓缓开口：

"这是我的故事。"

在她清冷平淡的嗓音中缓缓展现的这个故事，主角却是一个和她完全相反的，无伤无痛的空心人鱼。

主 菜

配料

海洋泪水、半颗热腾腾的心、一只章鱼须

那么，此后百年，哪怕繁花谢尽，你我垂垂老矣，我都会在这里。我们将共享每一朵鲜花，每一次日升月沉，谨慎又大方地，共享一颗心脏。

离于爱者

　　在深海皇宫连续迎来六个调皮捣蛋的儿子后，皇后终于诞下一女。对此国王表示：宠！给我使劲宠！

　　本来应该是这样的，可惜的是人鱼到中年大不如前，生下六个儿子后的人鱼皇后已经没力气再生一条小人鱼了。于是七大姑八大姨在那里提馊主意——去找深海的巫女用魔法创造一条仿生人鱼。

　　最开始皇后还不乐意，那仿生人鱼能梦到电子螃蟹吗？但是后来被海女巫铺天盖地的营销广告说得心动，悄悄要了联系方式。

　　"我想要什么样的女儿都可以？"

　　"当然可以。"女巫章鱼搓了搓手，"只要你能给出相应的报酬。"

　　"你要珠宝？封地？头衔？"国王很是不屑一顾。

　　"都不要。"海女巫笑了起来，"我只希望你能在人类王子的航船经过时掀起巨浪，把船打翻。"

交易就这么定下了。他们用晨曦的绸缎做她的头发，用女王权杖上的蓝宝石做她的眼睛，浪花为皮肤，蓝碎钻为血，收集云雀和夜莺的嗓音，内里填充海底的芳草，人类社会带着露水的鲜花。他们用坚硬的船桅做她的骨架，在她的肋骨里蘸父母的指尖血，刻下永不褪色的诗行。

在性格方面，母亲拿不定主意，决定回家再议。就在这个时候却发生了变故，海浪确实按照约定冲翻了王子的船，万万没想到的是，这个王子很会游泳。海女巫还没来得及救人，他就非常有自我拯救意识地努力游上了岸。

这可把海女巫气了个火冒三丈，单方面中止了交易。而小人鱼公主的躯壳和其他器官都已经打造完成，只剩下这最重要的一步——她的胸腔空空如也，缺少了一颗心脏。

没有契约精神的海女巫早就溜之大吉，而空心的小人鱼已在第七夜月光的照耀之下，睁开了眼睛。

所有人都因为她的美丽而倒退一步。母亲落下泪来，哥哥们欣喜若狂，大家一拥而上拥抱和亲吻她，说要为她的到来办一场盛大的庆典。可是小人鱼穿着华服，面无表情地坐在筵席上："这有什么意义吗？他们为什么欢呼？为什么跳舞？"

于是喧嚣都沉默下来，大家都为这个没有心的小人鱼哭泣。皇后将她拥入怀中，泪水在溢出眼眶之前消融。而小人鱼依在这个女人的怀中，"咚咚""咚咚"，有东西敲着她的耳朵，她并不明白这是什么。她学着将手抵在自己胸口，那里空空如也，太安静了，安静得让她感到害怕。

小人鱼推开母亲的怀抱，侧耳听着父亲和哥哥们的胸腔，大哥的，二哥的，甚至那个身份低微的守卫，他们都有一颗心。在这一瞬间，小人鱼突然学会了害怕。

害怕她的皮肤裂开一条口，海水汹涌地灌入。她的心脏空缺变成了忧郁的蓝色，她想要哭但是从没有人教过她如何流泪。家人们手忙脚乱地安慰她，把事情全盘托出。

"所以，我需要一颗心脏。"冷静下来的小人鱼想，她一眼扫过哥哥们，男孩儿害怕地捂住了胸口，生怕她下一秒就会做出什么不得了的事情。

小人鱼在这瞬间又学会了嫌弃："你的心脏，太辣了。"她指着那个最急躁冒进的哥哥。

"你的心脏太小。"她看向那个斤斤计较的哥哥。

"你的心脏有太多颜色，太多人都把心脏的一部分留给你。"她指着父亲，后者露出尴尬的神情。

"而你的心脏……"她看向母亲，后者有一枚漂亮的红色心脏，只是上面有无数裂痕，已经碎过太多次。

"我不要你们的心脏，我要一颗完美的心脏。"她的美貌使这句话并不狂妄，"否则会与我的外貌不相称。"

因此，国王开始在海底世界征集心脏。这太荒谬了，谁会愿意把自己的心脏拿出来分给别人呢？即使给你封地和头衔也不可能。而难得愿意将心脏掏出来换钱的人，大多都是心如死灰，决定一走了之的。

皇后暗中造访了偷心贼，那些偷来的心脏也都因为失望而枯萎。她难过地摇摇头，回到家看见女儿在蚌床上无知无觉地漂浮，心上裂痕更多添了一道。她自己看不见，而小人鱼将这一切看得一清二楚。

她确实无心，却也有记忆。这个女人待她最好，虽然全然不知理由，她也不希望对方每一天都因为自己而添加伤痕。所以第二天的晚会上，她做了一个重要的决定："既然海底世界找不到我要的心脏，那我就到人类世界去找。如果人类世界也没有，那我就到宇宙中去找。"

胆小的三哥因为这句话倒吸一口气昏厥过去，而没有心的小人鱼不知天高地厚，继续她胆大的想法。她一意孤行，软硬不吃，难以撼动。最终，连国王都向她妥协了："好吧，我的女儿。你需要多少人？我可以给你一支亲卫队。"

"我只需要我自己。"小人鱼说，"若正如你们所说，我无坚不摧，那也就不需要保护。世上也只有我能看到心脏的模样，别人会拖累我。"

第三天，小人鱼踏上了寻找心脏的征途，皇后暗中派遣影卫跟随，可是小人鱼不知疲倦，从不停歇，遇到暗流和鲨鱼也勇往直前。她的身上没有活物的气息，所以没有生物攻击她。那些影卫则被绊住了脚，跟丢了小人鱼。

第七天，小人鱼来到了海岸。她的鱼尾自动褪去变成一双修长的腿，她不习惯地走了两步，然后摔进了沙滩中。她站起来，再走两步，又砸了个人坑。

围观全程的老渔夫心想：这孩子是不是有点缺心眼。

善良的渔夫把她带回了家给了她衣服，小女儿挽着她的手教她走路，顺便还教会她跳舞。"你这样漂亮，如果再学会跳舞，也许过几天在王子的单身派对上，他就放弃了邻国公主来娶你也不一定呢！"女儿这样说。

"也许你比较适合嫁给王子。"小人鱼看着她，诚恳地说。这个孩子很年幼，心脏是纯净的小琉璃，虽并不昂贵，但是没有沾染一点风沙。放任这样干净的心脏长大也许是一种玷污，人鱼想。她把手靠近女孩的左心房，只要心念一动，就能得到女孩的心。

她犹豫了一会儿，最终还是收回手。

"怎么了？" 女孩不解地问道。

小人鱼看着那颗活泼的小心脏："还是太小。"

小女孩低头看了看，突然一下子憋红一张脸："你真讨厌！" 然后哒哒哒地跑回房间，门差点把人鱼的鼻子拍扁。

小人鱼："怎么回事？"

不过小女孩脾气来得快也去得快，当天晚上还是别别扭扭地来喊小人鱼吃晚饭。小人鱼和人的体质不能一概而论，她很难饿，也不知道什么叫饱腹，一连添了七次饭，吃空了人家的鱼类库存后才意识到母亲说过这是不礼貌的，更何况这还是个家徒四壁的渔夫家中。

一点点难以名状的情绪在她心里回荡，然而这对渔夫老夫妻只是愣了愣，把自己碗里的鱼汤倒给了小人鱼："喝吧，看把孩子饿的。"

有点烫，顺着她的喉咙，她一饮而下。

当天夜晚，等到一家三口都沉沉睡去后，小人鱼悄悄地翻窗而出。她突然想到了什么，割开了自己的皮肤，红色的碎钻滚落下来，积成一小堆放在窗台上。

她不知道什么是回报，但是她听过交易这个词。

"为了你们的鱼汤，还有那三颗或老去或太小的琉璃心脏。"

离开海滩，小人鱼一路向城内走去。这是一个小小的王国，人也不多，经商的人会聚在集市上，高声叫卖或者讨价还价。小人鱼刚一来到街道上，就吸引了太多的目光。她太美了，几乎重新定义了这个小山城对美的认知。就好像一粒应该被摆放在王冠上的钻石落进水洼之中，一石激起千层浪。

其中有些目光赞叹，有些嫉妒，有些令小人鱼不适。她拉高了兜帽，试图穿过这里。然而就在她准备隐入人群中时，一只巨大的手摁住她的肩膀。

"小美人。"那个男人笑起来比他的心脏更加丑陋，小人鱼忍不住皱眉，"你从哪里来，要到哪里去呀？"

她没有说话，她不打算做这场谈话交易。

对方看她不给反应，于是变本加厉地去揽她的腰肢。

脑、眼睛、脖子、胸腹。人鱼想，这些都暴露出来了，轻而易举就可以拿下。可是她总觉得这人的血也会很脏，她不希望溅到自己身上。对方误解了她的不为所动，笑容渐渐加深。

就在这时，一骑快马停留在街的尽头："别碰她。"

人们抬起头，发现那是王子的贴身骑士长，纷纷让出一条道。

而那胆大包天的歹人似乎并不害怕，不为所动地发出一声冷笑，在他的腰后挂着银刀，闪着簌簌寒光。小人鱼并不打算给人英雄救美的机会，直到她抬起头，居然发现这身骑白马的乌发青年的胸腔中，赫然跳动着两颗心脏！

其中一颗略有磨损却也辉煌，而另一颗金灿灿的，无比崭新，太阳的光辉也不过如此。

这就是小人鱼想要的心脏。她不再犹豫，果断跳起，一手压住歹人的肩膀，一手翻折了对方的肩膀，硬生生扭了个九十度，飞过水果摊的顶棚。

人群沉默了一秒，开始尖叫逃窜。"救命啊！"

小人鱼收拾好打斗时弄脏的衣服和头发，随后抬起眼睛看向骑士长："救命啊。"

"……倒是省得我动手。"骑士长合上下巴，小心翼翼地把小人鱼拉上了马，"虽然那个大盗横竖要伏法，但你也得和我回去一趟。"

小人鱼坐在他勒马缰绳的怀抱中，耳朵紧紧地依附着他的胸口，听着两颗心脏的跳动声。

那是我的，她想。

审讯很快，首先她明显是异邦人，不好多问责；其次有骑士长作证被她杀死的人近年流窜作案，她也算为民除害；最后就是小人鱼一问三不知，家住何方不知道，姓甚名谁不回答，只有眼睛一直紧紧盯着骑士长的胸膛。

审讯官眼神游移飘忽，仿佛知道了什么不得了的东西。他和骑士长是多年好友，也多年受骑士长他妈的摧残，哭着闹着求他给儿子介绍一个对象。但是因为骑士长天生有两颗心脏，他本人也把自己看作怪胎，所以一直没有进展。

眼前这位美人虽然看起来不太聪明的样子，但那岂不是更好吗？审讯官快乐得仿佛自己得到了提拔，立刻结案，临走的时候拍拍好友的肩膀："人家是异邦贵客，你可要好好招待。"

骑士长心想：刚刚不还是来路不明的偷渡人吗，怎么就成贵客了？

不用审讯官多说，小人鱼自动跟紧了闪闪发光的心脏，抓紧了骑士长的腰带不让他离开。

骑士长叹了口气，没想到日常巡街就捡回来个麻烦："好吧，那在你找到家人之前，就先跟着我算了。"

骑士长把小人鱼安排在他卧室的对面，离王子的房间也相当近，为了防止这个脑子不太对劲的异乡人深夜把王子的胳膊卸下来，他给王子的门重新做了一次加固。

"你的美貌是一件武器。"他诚恳地说，"在这样的小王国里可能会招致杀身之祸，倘若你有急事要出门，可以同我说。"

"没有人杀得掉我。"小人鱼说。

像要印证自己说的话一样，她突然拿起放在果盘边的水果刀，划开了自己手臂上的皮肤，红碎钻露出来，很快划痕就重新愈合了。

然而骑士长的神情，比起惊恐更像是愤怒："你在干什么！你疯了吗？"

小人鱼不明白他愤怒的原因："我只是要告诉你我不会有事。"

"如果你说，我会相信你。"骑士长沉沉地叹息，"我早就猜测你不是凡人，可哪怕你不会死，也是会感到疼痛的。"

"退一万步来说，即使你不会痛。"他补充道，"关心你的人也会心疼。"

"痛？"小人鱼微微偏了偏头，回想起刚才在她那样行为的时候骑士长的两颗心脏一齐重重地缩了一下，"你为我心疼？"

骑士长愣了一下："我为任何在我面前做出这样行为的人心疼。"

临走前他收走了所有尖锐物品，对着在他亲手置办的柔软床铺上蹦跶的小人鱼说："不要再伤害自己了。"

浅金色长发的女孩说："我答应你。"

虽说住得很近，但两人也不常见面。王子大婚在即，国王皇后都离开得早，宫内人手稀缺，一个人恨不得拆成两人用，更何况靠谱勤奋又有两颗心脏的骑士长，从保安工作一路包办到了挑选桌布颜色。

他在大厅一角布置会场时，小人鱼就坐在餐桌旁边吃早饭。"银色餐布和金刀叉不行。"他说，"看起来死气沉沉，不够亮眼。"

下属立刻拿出一块艳红艳红的布："喜庆。"

骑士长揉了揉太阳穴别开眼，正好看见也在望着他的小人鱼海洋色的眼睛。

"试试绀色和金色。"他拿定主意。

事情暂时告一段落，他走向还在凝望的小人鱼，"在皇宫里觉得闷不闷？"

"闷？"小人鱼难以理解，他们族群需要的氧气很少，皇宫更不缺乏氧气。

"就是无聊，没事情干的意思。"他耐心地解释道。

于是小人鱼点点头："闷。"

骑士长脑内过了一下计划："今天没什么要紧事了，我带你出去逛逛吧。"

他笑起来："毕竟是贵客。"

还是上次那匹漂亮高大的白马，看到小人鱼不情不愿地往后踱步，可能是还记得一个月前的事。然而骑士长牵引住满脸不乐意的白马，带着小人鱼一起出了马厩。

为了避免不必要的麻烦，他没有选择大路，反而转进了皇宫后山的草场。这匹漂亮的白马也是憋坏了，一看到草地就撒丫子跑起来，长风拂过骑士长的脸，他本身也是追求刺激的性格，没有刻意阻拦。近日来的烦闷在奔跑中微微化开了，直到眼里因为风吹微微泛泪，他才反应过来马上不止一人。

他有点自责地放慢了速度，低头却看见一向面无表情的小人鱼微微眯起眼睛，长睫毛因风而颤抖，莓红色的嘴唇噙着几不可闻的笑意。

他略有些看呆，以至于脱口而出："你应该多笑笑的。"

小人鱼向后仰脸，后知后觉地摸了摸嘴："我笑了？"

骑士长无意多论，只要知道贵客没有害怕就行。他低头看到小人鱼注视着自己的手，于是问："你想试试持缰吗？"

小人鱼快速地点点头，骑士长将偏大的手套脱给她，再将她的手包入手中手把手教，一小时后彻底放手。

小人鱼显然很享受疾驰的乐趣，操纵着这匹不怎么服人的马跑了一圈又一圈，直到暮色四合。

"饿了。"她喃喃道。

吃过饭后骑士长继续操办事物，而后来到王子的房间。因为有多次逃跑先例而被锁在房间里的王子一脸酸："你小日子过得不错啊，好马配美人。"

骑士长无奈道："殿下，请慎言。"

王子在地毯上撒泼打滚："我才多大啊，我怎么就要结婚了啊，那个女人我压根不喜欢，我都没见过几次！"

骑士长把他像捉小鸡一样捉起来："您从小到大一共也没见过几个女人，您怎么知道自己喜欢什么样的。"

"反正不是她那样的，你是没见到，她那个表情都像要吃了我一样，两眼放光啊。"王子抱着枕头，嘿嘿傻笑，"我吗，喜欢单纯一点，活泼一点的，善良最好。"

骑士长虽然宠爱他但也无法违抗先王的遗言："您还是早点认清现实吧。"

从王子房间出来之后，他还是放不下心地敲了小人鱼的房门。

女孩第一次没有在他出现时就紧紧盯着他的胸膛。

也算一大进步。

走近才发现小人鱼晃着脚丫在床上看书，都是骑士长原先怕她无聊放进来的。

"在看什么？"他凑过去才发现是一些有关骑术的东西，"你对骑马有兴趣？"

她点点头，看起来像只初生的动物似的。骑士长忍不住揉揉她的脑袋："不必看这些理论，你感兴趣，我都可以教给你。"

"时候不早了。"他将书从对方手中抽走，再把她整个塞进被子掖好被角，吹灭蜡烛，道了声"晚安"。

等到走出门他才意识到，自己明明是个骑士长，怎么天天给人做保姆。

因为心事得以排遣，他一夜好梦，睡得酣畅淋漓，窗外阳光正好，今天一定是很好的一天，直到他发现王子的房内空无一人。

骑士长心想：本来今天高高兴兴的。

他确定昨晚自己锁好了门，窗外也没有任何供王子踩脚开溜的东西。然后他就发现被破坏的门锁上面还留着五个小小的手印。

骑士长黑着脸敲开小人鱼的房门："你为什么要帮他逃走。"

小人鱼沉默了一下："他说，他不能骗自己的心。"

骑士长无法反驳，最终动了动嘴唇，无力道："你也太傻了，他就这样利用你。"

小人鱼解释道："他还说可以告诉我得到你的心的办法。"

被莫名其妙当作筹码的骑士长超级想辞职，为什么身边两个孩子都是缺心眼，气得他头发乱掉，英年早秃。

虽然不是没有料想过王子不会死心，但是他们也确实没想到那只养尊处优的金丝雀会为了自由三番五次出逃。他孤身一人，跋涉百里，也不知道下场如何。

骑士长叹了一口气，一边派人下去寻找一边准备写外交辞令。联姻事小，他只是不愿看到一手带大的孩子曝尸野外。

"他不会出事。"小人鱼冷不防开口，好像看穿他的心事那样，描述看到的王子的心，"他的心虽然年轻，却非常坚毅机灵，艰难险阻都不在话下。"

骑士长看她平日一问三不知，这会儿又分析得头头是道，忍不住笑："你总是在说其他人，怎么不说说自己的心。"

人鱼沉默片刻，摇了摇头："我不能。"

骑士长没有再说话，只是向她伸出手："走吧，你不是要骑马吗？我为你找了一套骑装，我们顺便去找王子殿下。"

半小时后一黑一白两匹马出现在出城必经的小路上，骑士长看她骑乘的姿势相当标准，关键是毫不畏惧。面对心高性烈的马唯有压它一头才不会被欺，在这件事上，小人鱼做得很好。

两人在此驻足片刻搜寻无果，沿着路向山城下走，在一个平台上小憩。骑士长指着远处层层叠叠的楼中的一幢说："这是我的家。"

"家？"

"有我父母的地方，我原先就从那里来。"

小人鱼点点头，调转马头，指着一望无际的海说道："这里是我的家。"

"你从大海里来？"骑士长愣住，忽然意识到她不似人间造物的原因。

小人鱼点头："我为了获取一颗心而来到人类世界。"

骑士长沉默片刻："这话你没有同我之外的任何人说过吧。"

小人鱼说："没有。"

"那又为什么同我说呢。"

她脸上露出了一种平静温和的神情。

"我相信，你有金子般的心脏。"

"两颗。"

两人驾马回皇宫的路上，骑士长犹豫再三还是说："所以这就是你总盯着我胸口的原因？我还以为你馋我身子呢。"

没等小人鱼回答，骑士长就笑起来："我应该感到生气的，但……我却感到一股莫名的平静。"长风微微渡过他半长的黑发，"你不觉得很奇妙吗？我是一个天生有两颗心的怪胎，小时候因为管太多闲事被我爹揍了多次，上阵杀敌也总是第一个，因此坐到了骑士长的位置。"

"而你，你是一个空心人。"他徐徐道，"可是从某种程度来说，你的心就是透明的。你不懂算计，没有隐瞒，你比世上太多有心之人都要干净。"

小人鱼愣了愣，微微抬起脸，她的胸腔因为这段话而微微发沉发热，蓝宝石色的眼睛有光影流转，不望向心，而定定地看向骑士长开阖的嘴唇。

"你没有心，而我有两颗，也许我们就是两块拼图，是为了遇见彼此而被制造的。"

两人抵达皇宫门口，骑士长率先下马。小人鱼还没站稳，一个小士兵就急急忙忙跑出来通报："大人，邻国的使团不知道从哪里得到了消息，已经到了。"

"早晚也是要知道的。"骑士长条件反射将无伤无痛的小人鱼护在身后，"直说就是了，反正我们这小国，也没什么好给他们的。"

小人鱼跟在骑士长身后进了会客厅，看清来人，后者也是微微一怔。他能够应付使团，却没有想到邻国公主会亲自到来，看来王子殿下说对方对他念念不忘不是夸张啊。

容貌艳丽的公主在大厅内趾高气扬地徘徊，漂亮的脸因为愤怒而拉扯变形，一而再再而三地指责，而骑士长和群臣只好默默地听。被藏在身后的小人鱼好奇一国之公主怎么会如此失礼——显然她忘了自己也是，默默探出一张脸，却忽然觉得哪里不对劲。

对方还在咄咄逼人，言辞愈发激烈："倘若你们王子殿下不履行婚约的话……"她话锋一转，"我就灭你们的国，红白喜事，总要成一桩的。"

这话实在歹毒至极，骑士长的手在剑上握紧又松开，最终压制住怒气。

然而他是压制住了，时刻关心他心脏状况的小人鱼仿佛承接到这股怒气一般突然发难。她速度极快，在任何人反应过来之前就如一尾游鱼般滑出去。与初见不同的是她并非面无表情而是微微蹙眉，狠戾乖绝，她一出手那女子身形就如破布似的倒下了。

一时间刀剑声响起，显然两方都没有料到此情此景。小人鱼被两方团团围住，而在无眼刀剑的包围里，她目光炯炯地看向唯一没有拔剑的人："是个空壳。"

在她那一掌后原本还无比貌美的公主瞬间萎靡下去，空留的一层软乎乎的皮都变得苍老腐烂了，看起来像是死去多时。

正当大家面面相觑时，簌簌的响声响起，众人一齐看向大殿的顶灯，在富丽堂皇的水晶灯上，盘踞着一只巨大的章鱼，水晶灯剧烈地摇晃，终于承载不住重量落下。小人鱼反应极快地拽着几个人的衣领快速后退才避免被砸的惨状。那章鱼摔到地板也毫发无损，反而阴阴地笑起来。

"你们的公主半年前就死了。"小人鱼道，"这个东西占了她的皮。"

"这个东西？好绝情！"章鱼笑起来，"明明我们也差不了多少。"

她眯起眼睛仔细看小人鱼的脸孔，忽然像发现了好玩的东西似的："原来是熟人呀。真有意思，没有心的东西也会救人了吗？还是说——"她狞笑，"你已经抢了别人的心脏来用？"

小人鱼不受任何挑衅："不想死的，就出去。"

几个文臣和怕死的士兵纷纷往门口逃窜，士兵擦过人鱼身边时被她抽走了武器。

气氛紧绷，刀光剑影，就在瞬间两位已经交过几次手，章鱼凶猛而人鱼敏锐，倒是不分上下。

唯一麻烦的是这巫女的触手有再生能力，斩不断清不完，烦得很。

"心脏，所有生物的弱点都是心脏。"骑士长提醒到。

小人鱼眯起眼睛，却发现这海巫女的心脏不如她门面那般淡定，在那滑溜溜黏糊糊的巨大体内晃来晃去，就是不落脚。

"我讨厌章鱼。"小人鱼撇撇嘴，忽然就学会了讨厌的情绪。

骑士长找不到好的时机加入战局，直到小人鱼一分神被打断了手，剑也一并飞出去。

他怒吼："你不是说你不会受伤吗！"

小人鱼叹道："船桅也有断的时候。"

好在她单手也并不落下风，仍然挡得住来势汹汹的进攻。反倒是那海巫女放慢了攻击节奏，仿佛看见了好玩的东西似的。她笑意渐渐加深，那八根触手本来冲着小人鱼来，半道却毫无预警地齐齐飞向骑士长的方向，小人鱼眼光一凛，毫不犹豫地飞身前去挡，如被剖腹的鱼般跌落在砧板上。

"哈哈……哈哈哈哈……"女巫狂笑，"原来无心人也有软肋？他就是你的心脏吗？"

小人鱼啐掉一口红钻，用断剑勉强支撑起上半身，咬牙切齿。然而那海巫女庞大的躯体已经向骑士长而去。

在八根触手的袭击下，作为一个人类，饶是反应再快也招架不住，很快骑士长就被击倒在地。那章鱼触手抬起骑士长的下巴仔细端详："倒是有几分姿色，只是……"她一发狠，男人的银盔仿佛一层锡纸，轻轻松松地就被章鱼的触须打碎了。

"到底不如我的王子漂亮呀，做不了我的下一张皮。"

她一边笑一边把骑士长的心随手往人鱼面前一扔："你那么想要，送给你。"

而后，她庞大的身躯如马车般轧过骑士长的尸体，一步一步，闲庭信步般向只剩半身能动的人鱼而来。后者面对死亡也不畏惧，只是闭起眼睛，像在听着什么东西。

"咚咚。"

"咚咚。"

她忽然笑起来，不是那种欢欣的浅笑，而是张狂的大笑。

"正上方！"

只听铮铃一响。

那海巫女瞪大了眼睛，不可置信地看着身体瘫软下去，黑血从体内汩汩流出，止也止不住，八只触手无论怎么堵都无济于事。

"不可能！"她嘶吼道，"我明明，我明明……"

一道银色掀开她枯萎的身体爬起，骑士长捂住已经慢慢复原的胸口惨状，一边咳嗽一边苦笑："不好意思，没有提前告诉你。你是以一对二。"

他走过去看也不看章鱼，把小人鱼抱起来："还好吗？"

后者把脸枕在骑士长胸口，那心跳声与她听惯了的稍微有些不同，但是怀抱温暖如常。

小人鱼眨眨眼睛，还有闲情逸致啐了女巫一口："什么无坚不摧，根本就是粗制滥造，豆腐渣工程。"

骑士长终于笑起来。

他们迈过一地狼藉向外走去，小人鱼探着脑袋念念不忘地看了一眼地上的金心脏。

骑士长突然好奇地问："你原本要如何拿走我的心脏呢？像这样直接拿出来？"

"我原本是这样打算的。但如你所见，硬抢来的只会坏死。"小人鱼直言不讳，她的眉眼弯了弯，"或许……"

或许，我不一定要拿走它。她定定地听着"咚咚"的响声。也许神明确实给过我心脏，只是寄放在了你那里，我不一定要拿回它，我只需要它在我身边足矣。

"你猜怎么？"她轻松地开口，"其实我能看见了。"

"什么？"

"我的心脏的碎片。"她说，"蓝色是忧郁，红色是愤怒，金色是贪婪……"

还有，这银色是无伤大雅的谎言。

两人走出皇宫坐在大理石台阶上，能看见海。

骑士长耐心地听她诉说关于她看见的自己的心脏的一切。

"可是爱呢？"他温柔地问，"你懂了这么多，感激、愧疚、惊恐，人间教给你这么多，但是最复杂、最难学习，也最美好的情感——爱呢？"

"不是所有事情都有完满结局的。"小人鱼说，她注视的远方有海洋和浅滩，一个冒险者的心脏遇到一颗小小的琉璃心。一颗红色长满裂纹的心脏仍然跳动着，等待归家的孩子，"遗憾也是必修的一课。"

"我才来人类社会一年。"她最后说，"不要对我的心脏那么严格。"

"何况，你会因为我是这样就放弃我吗？"

骑士长吻了吻她金灿灿的发顶，远处的落日熔金也比不上怀中这件珍宝："那你会允许我陪你一起等吗？"

"如果我一辈子也学不会呢？"

"那么，此后百年，哪怕繁花谢尽，你我垂垂老矣，我都会在这里。我们将共享每一朵鲜花，追逐每一次日升月沉，谨慎又大方地共享一颗心脏。"

听完这个故事，幽灵们纷纷交头接耳。

"怪不得呢！"其中一个说，"正常人看到我们这艘怪船起码也得吓晕个三天三夜才是，你这么镇定，我一眼就看出你不是常人！"

一个小小的魂魄趁所有人不注意伏到小人鱼胸口："我还是什么都听不见。"

小人鱼像捏一只猫一样把她提起来："你没有用心。"

后者撇撇嘴，手舞足蹈地跳下来溜走了。

在叽叽喳喳又逐渐安静下来的亡灵中，有一双人一直坐在角落里。

小人鱼对事物的警觉使她站起身，拨开人群走过去："这位……看起来也不像死物。"

原先还在和另一个半透明魂魄你侬我侬的红发美艳女孩推开小人鱼的手。

"但我也确实无法离开这里。"她站起来，丝毫不退，"我是比亡灵更凶恶的存在。"

她身后褐发琥珀眼的青年握住她的手："给他们说说倒也无妨，

正好可以打消他们的疑虑。"

女孩的神情一下子柔软下来,埋在茂密红发中好像有什么动了动:"好吧,既然这是你的要求。"

她看了一眼吃瓜群众,唰的一下变成了一只红色的小狐狸,迅猛地爬上青年的肩头,居高临下地开口:

"那就听好了。"

主 菜

配料

半根神鹿角、一抔混血焦土、烧糊煎蛋

按理来说一旦近到一定距离再美的
生物都会畸变扭曲，人类亲吻时闭
眼也是为了不破坏这份美。然而我
的眼睛瞪得大大的，毕竟世上千百
人，得见神的能有几人呢。

焦骨

　　小时候我因为自己一身漂亮的皮毛而沾沾自喜。都说狐族盛产漂亮狐狸，但百年来也没有见过这样火红、这样油亮的毛皮。我爹抱着三岁的我，说来和我定娃娃亲的狐狸能排到国王宫殿，送来的礼物都把我家的大房子堆成了仓库。

　　我捧着鸡啃得喷香："哦，那我要嫁给他们中的谁吗？"

　　我爹托着我的腰将我高举起来，说出来的话铿锵有力："我的心肝宝贝谁也不嫁，你的这身漂亮皮囊不是用来卖的。"

　　我似懂非懂地舔了舔爪爪。稍大一点的时候，我要离开父母独自去生活了。

　　临走前我爹使劲揉我的脑袋："真舍不得你的漂亮毛。"

　　我怀疑这就是他和我娘每天晚上抢着抱我的真正原因。他指着扒窗口舍不得我走的狐狸们说："你看，有多少狐狸因为你的美貌而天天来蹭我们家 Wifi 呢？"

我说："那如果没有这身漂亮毛了呢？你们还都不爱我了吗？"

我爹笑起来："那你可一定要找一个等你秃了都还会爱你的人。"

和我爹插科打诨的时候，我娘正一言不发地把给我包的风干鸡和火腿拿出来检查，塞进去，再拿出来检查。进来凑热闹的大姑大姨看她忧心忡忡，于是安慰道："别担心，你闺女这么漂亮，去外边闯荡也不会吃亏。"

我娘重重地叹了一口气，她看起来有很多话想说，但最终只是重重地抱了抱我。

我那时候心里还有气，因为我娘不愿意听别人夸我的皮毛。她在我很小的时候就说："你的皮毛会害了你。"我一直觉得是因为她嫉妒我。

在我出生前她是我们当地较为知名的美狐，但我出生后，她就黯然失色了。

进入人类社会闯荡前我就学会化了好几张皮。其中一张红发的皮是我的得意之作，同我的本体一样美艳无比。

有很多年轻人赞颂我的红长发像飞舞的玫瑰，我的黄绿色眼睛像春夏苍翠的橄榄，我的美丽有无数人赞颂，我的嘴唇有太多人想亲吻。可这些都是在我露出狐狸尾巴之前。

虽然王国明面上一直推崇各族平等，也欢迎兽人进城谋生，但岁月静好的表象底下风起云涌，歧视仍然存在。在某个月色尤其浓的夜晚，贵族少年缠绵悱恻的情话让我傻到信以为真心跳加速。他摆在我腰上的手往下探了探，摸到一手毛绒绒的东西。

他倒是没有推开我。只是那种看待易碎品的眼神变得玩味起来，好像兽人再美貌也是轻人一等："你是狐狸？"

他的转变如此之快，以至于我的心也迅速回冷。我在他掌心点点头，就在他笑意加深，伸手来摩挲我嘴唇的时候，我狠狠地张嘴咬了他一口。

细皮嫩肉的小少爷虎口迅速冒血，他"啊"地尖叫起来跪在地上，听到动静的护卫纷纷跑进花园。

"抓住它！抓住这个畜生！"他的脸扭曲得像一团草纸，"我要剃光它的头发！剥掉它的皮！"

我轻巧地跳上围墙，还有闲情逸致做了个鬼脸："试试啊。"

事实证明大话不能说太早。一个小少爷确实没本事全国搜一只狐狸，我本以为他过个十天半个月就会忘记这事儿。

坏就坏在这个小少爷卖惨和编故事的能力一绝，在国王面前添油加醋，将我的皮毛夸得宛若什么稀世珍宝。他甚至没有看过我的真身！

国王信不信我不知道，关键是他最宠爱的那个没脑子的妃子信了，娇滴滴地说："天气凉了，人家正好想要一件狐狸皮草。"

"抓！给她抓！"国王拍板决定，"只有世上最漂亮的皮草，才能配得上我的珍宝。"

不过平等政策刚刚出台，国王也不能光明正大地搜捕狐狸给爱妃加衣。只好把我化人形的相貌贴了个大街小巷，说此人了犯大罪，给多少多少悬赏。

而我换了张皮，继续在王城内招摇过市。我本以为只要撑到国王对这个笨女人失去兴趣就行，没想到很快我就被自己人卖了。当初妒忌我的几只蠢狐狸悄悄给国王提供了我能变换的所有皮相的模样，包括我的本体。

被一大队轰轰烈烈的人马逼到悬崖的时候，我直呼好家伙。为首的士兵步步向我逼近："小姐，你不要挣扎了。殿下不会无缘无故大张旗鼓地下令追捕，倘若你是清白的，解释清楚就好……"

我觉得他讲得不能说有理有据，起码是毫无道理："呸！"

一个小士兵看我对他老板不敬怒极拔剑，被一声怒喝拦下。

我说："你们收到的命令中，有一条是不能伤害我吧。"

他迷茫："是……"

我笑了笑，虽然自己看不到，但看他们痴呆的表情我应该笑得相当漂亮。

然后我一跃而下。

活不活的不要紧，关键是绝对不能被你们捞到一点好处。

从这种峭壁贴着跳下去，磕磕碰碰撞了很多石块，已经半死不活了，人形都没办法维持，我变成一块漂在海上的丝绒破布。臭味引来了各路鱼类，你一口我一口，给我啃了个七七八八。

我在海中漂得昏昏沉沉，一会儿梦回小时候在我爹怀里，一会儿又被痛和冷醒。在海水的刺激下我看见胸口发黑的皮毛，估计内脏都给这群鱼排排坐吃果果了。

不知道漂了多久，被冲到海滩上的时候我居然还活着。也不知道上天是有多恨我。

我勉强走了两步，却发现四肢上覆盖的毛发都已经稀疏到几近于无，露出森森的骨肉。更不用说其他我看不见的地方。

我最终摔倒在浅滩上，想哭但是眼睛被海水刺得哭不出来。有秃鹫飞下来要啄我的眼睛，就在那张尖利的臭嘴刺过来之前，一阵更浓烈的阴气吹过来，它发出两声惊恐的叫声，唰地展翅飞离了。

"还活着……"

"是活物……"

"就她了！就她了！"

我听见那些窸窸窣窣的声音交谈着。

"能行吗？她承载得住吗？"

"我不管，我要回家……回家……"

回家？

我勉力睁开眼睛，眼前空无一物，这是一片废土荒岛。

"……回家。"我喃喃。

那些让人不适的声音离我越来越近，几乎要包围我一样。我即使已经将死也感到浑身发冷，忍不住蜷缩起来。

然后不知道是哪一个声音先带的头，我感到一股彻骨的凉往我空洞破败的皮囊底下钻。我还没有来得及痛呼出声，就有第二只、第三只、第四只……后来的，我已经数不下去了。

我只能发出无意义的"啊啊"的嘶叫声，甚至一开始自己都反应不过来那是我，明明我的声音是那么好听的。

整个下午我都在挣扎颤抖，希望这剧烈的疼痛可以使我死去。可惜夜幕降临时我绝望地发现我还活着，那蚀骨的疼痛也变成一种诡异的膨胀，我低头看见一团黑雾在我胸腔内变幻，拉扯又糅合。

那些声音从我的皮内发出，好使我听得更加清楚。有男人的，也有女人的，有年长的，也有年少的。他们交叠在一起，像一千个声音又像一个声音，拼凑道来一个故事。

国王手下有一支秘密军队，专门替他做世界上最肮脏的事，打最脏的仗。这支队伍战无不胜，大杀四方，替国王打平了所有不平之地，收复四海八荒。他们无名无姓，不求回报和奖章，只希望报效王国，默默守护。

可共苦而不能同甘，等到海清河晏，天下太平，国王曾经的所有腌臜事就不需要再被提起，那么这支队伍，也就没有存在的必要了。

向来只有死人能永远保守秘密，所以国王下令让他们全部在某个遥远废弃小岛的坑中待命。这支服从惯了的队伍不发一语地等待指令，直到三个日夜后因为体力不支睡去，国王的新军队就在"处理战争罪人"的指令下，掩埋了这一千个人。

一千个人的怨念顺着土壤生长，几十年来未曾消散，试图寻找一个载体离开岛屿，回国复仇。可惜的是因为怨气太强，岛上连植物都生长不出，更不用说其他活物。

就在这个档口，我好巧不巧地送上门来了。亡魂在我的皮下乱窜，喋喋不休个没完，一会儿哀鸣一会儿哭泣，饶是我已经痛到麻木无感，也被吵得脑仁嗡嗡作响。

好痛。

我先前只知道我这皮漂亮，没想到还有麻袋的功效，塞了一千个魂魄还是没被撑破，胀得我除了"想死"没有更多念头。

偏偏这一千个魂魄不允许我死，我死的意志和它们活的愿望不断斗争，拉锯抗衡。无论如何证明我即使有意帮助也根本站不起来，他们还是不肯放过我。其中一个年轻人哭着说："你是我唯一的指望了。"

我虽然很感动但还是果断拒绝："可你们生前也是人，你以为我是因为谁沦落到这步田地。"

他说："我不想报复谁，我只是想回家。我十六岁出来打仗，以为光荣得不得了，可惜一旦沾了浑水就再也没办法脱身。我以为太平了，可以回家和爹娘一起好好的，可我现在还不知道他们活没活着，有没有人上坟。"

爹娘。

我眨了眨眼睛，忽然有点找回哭是什么感觉。我爹和我娘还不知道我的事呢，他们会不会给我造一个漂亮的坟呢。我小的时候说如果我死了，定要我爹在我坟前放满鲜花和香喷喷的烤鸡，然后被我爹狠狠地拍了脑袋。

一旦想起这些事，身子总是会回暖一些，我迷迷糊糊地睡过去，又在哀号声中醒来和亡灵干瞪眼，就这样持续了十来年。

要不怎么说能量超乎你想象，我从一开始痛得连思考都无法进行，到能"嗷呜嗷呜"地和几个喋喋不休的老魂魄对骂，甚至让他们闭嘴。这些魂魄和我的残魂结在一起终于安生下来，他们不再无时无刻要撑破我的皮。可是我仍然没法站起来，更遑论游过海。

在这百年里，被冤魂侵占的土地得到解放，重新散发生机。树木像要把前些年没长的份额补回来一样疯长，开春的时候，还能看到远处的花。这片荒岛重获生机之后美得像一片仙境，全部的脏与恶都在我一个人的皮下，其余地方苍翠青葱。原来这片荒岛本这么漂亮。

也难怪那支鹿族会选择此处作为栖息地。

我知道岛上有了新的生灵，而且是颇为神圣的那种，我在树影绰绰间看到过通体散发柔静月光的鹿身。这样美丽的生物不属于人间，迟早要走。

果不其然，之后某一天，这一支懵懵懂懂探索岛屿的鹿群终于跨越了森林，向浅滩这边靠近。

我听见鹿群交谈的声音。

"大人，此地人杰地灵，过不了多久，您就可以成为新的鹿神接替先辈了。"

"人杰地灵……吗？"

我听见一阵轻快的蹄声停留在我身边，这队鹿有点好奇又嫌恶地打量我，其中一只小鹿崽子还转了一圈说："大人，它长得好丑陋。"

要不是我没有力气站起来，我肯定一口咬断这只小崽子的脖子。

然而那位看起来身份最高，光亮最柔和，角也生长得最完整的"大人"却轻轻地止住话语："嘘。"

它跪下来，那么近的距离，身上的光却一点都不刺眼，反而让我想到狐丘的春日。它和我素未谋面，此刻却悲痛得仿佛是他杀害了我。我看见它琥珀色的眼睛里盛满泪水，几乎要滚到我身上来。而我体内的亡灵仍然很煞风景，从我的破皮里张望着伸出手，试图玷污他的光。

身后一只鹿也看出我的状况有异，焦急道："大人，这狐狸身上恶气深重，您退后一些不要被伤着……"

"帮我同父亲说一声。"这鹿没有回头，声音仍然低沉柔和，甚至是愉快的，"我可能没办法接他的位子了。"

"您在说什么！"那几只鹿伴大吼，"您花了这么多年行善修行，终于要得偿所愿了，现在却要为这……"

"你方才说此地人杰地灵，我看不是。"鹿道，"是因为这只狐狸身上附着成百上千的恶灵，这片荒岛方能重生，我才能到这个境界。"

"更何况，在我眼前有这么大一桩善事，我又怎么能不做呢？"

我隐隐约约意识到他要干什么。

想张嘴说已经不痛了。

他垂下头，那只无比美丽的角顶着我腐烂的额头。按理来说一旦近到一定距离再美的生物都会畸变扭曲，人类亲吻时闭眼也是为了不破坏这份美。然而我的眼睛瞪得大大的，毕竟世上千百人，得见神的能有几人呢。

我的神明说："她为恶灵所扰，半个世纪不得好眠，我必须安葬她。"

而在其他鹿有任何阻拦他的动作之前，他头上那只无比美丽，需要几百年才能长成的鹿角已经自发脱落下来，树枝形状的角在瞬间烧成一团明亮的火花，把我的身躯包裹在其中，好像一块柔软的名为秋日的毯子，带我回到三岁时一蹦三尺高，然后一头扎进落叶堆的时候。一点都不痛，暖洋洋的。

我体内无数个恶灵高声齐呼——并非哭号而是嘲笑，他们说："这百年的怨恨，哪有这么好消除宽慰？真是痴心妄想。"

只有我知道，他这一把火宽慰的只有一个冤魂，那就是我。

在我失去意识前最后看到的，就是这只鹿骤然暗下来沦为平常颜色的身躯，以及他琥珀色的湿润眼睛。你不用为我哭。

我再睁眼的时候突然意识到，我这一辈子不是睡就是痛，和猪的区别也差不了多少。我条件反射地伸了个懒腰，却发现自己不仅能动，四肢还轻快得不得了。

在埋葬我的绿蒲旁边还有一块水洼，我照了照，不可置信地发现身上所有疮疤都消失不见，我的皮毛又像儿时一样又红又亮，显然是被那场鹿枝火填补全了。

我兴奋地打了好些个滚，然而就听到那群阴魂不散的声音说："睡醒了？"

我微笑："你们不也是刚醒。"

在那只善良到愚蠢的神鹿的帮助下，我这副身体各方面都很协调，这群恶灵也不争不抢，仿佛沐浴清化，上过什么皇家礼仪课。

我按照记忆中的样子变了一张人皮，脚重新踩在落叶上的触感非常奇妙。

这个岛屿变了，又没变。曾经纯天然的景观有了人工的痕迹，不远处也能听见热热闹闹的人声，果然无论多么偏远的地区，风景一好没多少年就会收门票。

正合我意。

没花什么精力我就找到了轮渡码头，戏弄检票员混上船更是轻而易举，无论过了多少年，人爱美好色的本质仍然不会改变。

我皮内的恶灵们望着越来越近的王城很是兴奋。

"凌迟吧。"

"有点便宜他了吧。"

"丫头，你怎么看？"

我说："我可不是以帮你们复仇为主要目的的。"

他们又开始吱哇乱叫，我无语地摁了摁太阳穴退出聊天群。

我回到王国第一件事就是寻找我父母的家，即使我也不知道他们是否还活着。

狐狸不是太重情重义的种族，但是我家不一样。我父母是待我最好的人——如果没有那只半路杀出来的鹿的话。

狐丘和森林已经被夷为平地了，我搜索无果只好到王城碰运气，结果好死不死遇到当年告发我的狐狸之一。

她老了，瞠目结舌、瑟瑟发抖的样子，比原先还要丑。

我定定地看了她一会儿，说："你知不知道我父母的下落。"

她发抖："那个首领，那个将军……"

我蹙眉："舌头伸直了再说。"

她一番解释我才明白，原来当年国王听说我跳崖勃然大怒，又通过狐族几个马仔找到我父母的下落准备一杀泄愤，结果被醒悟过来的将军骗了，以为我父母已死。而他们应该也由那位将军安顿下来。

这只狐狸看我转身走松了一口气，呵呵笑了两声，一声"抓人"还没说出来，就被我收拾了。我舔了舔手指，真是死性不改。

王城今天的阳光特别好，我拿着狐狸给的地址走在路上一蹦一跳，感觉步子都轻快了很多。黑化之后变强十倍真不是电视剧说着玩的，刚才在荒岛我随便尝试了一下，身体直接膨大到原先的十倍，唯一美中不足的是这个形态下我的皮又会变成破破烂烂的样子，还能从空空的肋骨里看到游荡的一打魂魄。

即使外表一样，我也不是普通的狐狸了啊。来到门牌号前，我思来想去还是变作了原先狐狸的状态，我怕我父母老眼昏花了认不出来我的人形。独栋的大房子静悄悄的，一路蹿到花园连个鬼都没有碰上，正准备回去鞭尸的时候，我发现花园里有一个人。

在我看向他的时候，他也正好回头看向我。他有一双漂亮的琥珀色眼睛，睫毛厚得能往上撂火柴棍。可是身上却感受不到半点圣洁的神的气息。

我咬住舌尖定了定心神，和他同时问："你是？"

这个漂亮的年轻人笑得很悲伤："这栋房子现在是我保管，你是来看望将军的吗？"

我想了想说："是。"

"他一年前已经因为早期征战的后遗症离开了。"年轻人道，"临走前把房子，还有这二位的坟墓托付给我了，嘱咐我要多来打扫。"

我的心沉下去，隐隐约约猜到了："你认识这两位吗？"

他摇摇头："好像已经逝去很多年了，但是那位将军那么上心，想必是很重要的人。"

亡羊补牢罢了。

我面无表情地走到花园里，站在他刚刚放下白花的墓前，这两座墓碑连名字都没有，我甚至都不知道哪个埋的是我爹，哪个是我娘。这个胖一点的应该是我爹，毕竟他总是和我抢鸡吃。

我在太阳底下站了多久，这只蠢鹿就陪我站了多久。他看出另有隐情但也并不多问，直到我的表情松动下来，他才开口："你是将军的熟人，进来坐坐吧，我给你泡茶。"

我跟随他走进厨房，看他倒茶，置办刀叉的样子格外熟练，忽然有点困惑自己是不是认错了人。他看起来就像一个再普通不过的人类，除去那双几近透明的眼睛。

"你……"我终究没有问出口，他想必是不记得我了吧。

"什么？"他坐在我对面歪了歪头。

"你和将军是什么关系呀？"我笑起来，"没有听他提起过你。"

他含糊其词："嗯，当年城里闹怪病，将军一家也染上了，我帮了一点小忙。"

我猜了个七七八八，他当初为我自断一角已经大伤，另外一只角估计也是拿去救人了。百年来的善行，就这样草草洒向人间。

我免不了一声冷哼："他可真会麻烦你，当初要你帮忙，如今还要你看房。"

他连忙道："这不是给了我安身之所吗？城里房价可贵啦。"

我说："那倒是。我刚从外地回来，连住所都是个问题。"

他眼睛一亮："那你不如也住在这吧。将军走后他妻儿也搬走了。这房子大得很，也冷清得很，我正愁没人陪我说话。"

我本来故意引他邀请我。可看着他已经开始盘算我住哪个房间，忽然觉得难过。他当年众星捧月，身边无数追随者，只差一步就能逃离这个配不上他的世界，却偏偏为了我，变得如今身边连一个说话的人都没有。

我说："那就随便大人安排了。"

他听到这个称呼有点发怔，很快反应过来道："那你住二楼阳面那个房间吧，采光特别好，试衣镜都不用买。"

我就这样入住宅邸，一面和他聊天，一面了解王城的近况。多年前的一场瘟疫夺走了很多人的生命，他正是那一年来到王城，此后一路行一路救，直到被将军临终前的遗愿困住。也实在是巧，不偏不倚，又和我撞上了。

下午他外出做志愿者的时候我就在王城中排查，先是揪出了当年出卖过我的几个狐狸，一个个都被我收拾了。而后又调查各家贵族，非常遗憾地发现当初那个小屁孩也死在这场怪病里，死相难看得要命，连我都忍不住啧啧两声。

国王倒不急，回到王城后那群恶灵也不再催我，反而窸窸窣窣不知道在说些什么乱七八糟的，我一加入聊天它们就集体闭麦。当这只鹿发现我爱吃鸡，小心翼翼把吹凉的鸡汤端进我房间时，它们说："牙酸了。"

当鹿拿着一条崭新的白裙子说"看到了，私以为很适合你"时，它们说："牙酸了。"

当鹿在吃饭时担忧地说"近期城里有人连环猎杀无辜居民，你要出门，我可以陪你"时，它们说："牙酸了。"

我忍无可忍："你们到底为什么牙酸啊？"

好不容易消停了一会儿，其中那个嘴最碎，老是倚老卖老的老鬼说："丫头啊，你也老大不小了……"

我直接开启全员禁言。

鹿有点关切地看着我在那龇牙咧嘴和空气斗智斗勇，我才想起来回答他的话："你真以为会被猎杀的都是无辜者？"

他支支吾吾："那有可能是无差别作案呀。"

我说："那要是无差别，你那么无辜还老是做好人好事，也很危险。"

他一笑："你一说也有道理，可能时候未到，之后就是我了。"

我道："你放心，我是决计不会让你出事的。"

说完彼此都是一愣。他埋着头喝蔬菜汤，半天才抬起头来，笑得比今晚的蜜汁鸡块还甜："那就拜托你保护好我了。"

恶灵们："酸到了。"

隔天早晨我秉持着虽然是个恶人但是也不能白吃白喝的理念打算早起，买点面包，没想到他起得比我更早，他转过身来看我，明显给女士穿的围裙有点局促地兜在他身上，锅铲上还裹着金灿灿的油："你等等，早饭很快就好。"

熹微的晨光落到他脸上，睫毛忽闪连细小的绒毛都清晰可见，他像一只亟待被咬破的水蜜桃一样，眼光流转而湿润。他看待我的神情无比真挚，不掺任何其他的杂质，从未有人这样看我。空气中有着鸡蛋和鸡肉肠的香气，鸟雀在窗外扑簌翅膀，婉转啁啾。其实对于我，这是第二次一见钟情。

我当真有一刻动了心，想着干脆和他这样一直住下去，互相不猜忌地以普通人身份过活，直到终临。实际上我已经走上一条不归路，他这样以善大过一切的人，又怎么会容忍毫分的恶？我收回目光，告诫自己只是报恩。

"说起来，王城庆典将至，怎么也不见陛下致辞？"我刻意在餐桌上提起国王以自警。

"你初来乍到还不知道。"他声音低低的，像不愿多说，"国王陛下当年也染了疾，身子一直不好，都说熬不过这个冬天了呢。"

"继承人呢？"

"未定，陛下子嗣命苦，也都没能幸免。"他声音垂得更低，"我倒是觉得，还不如将军之子。"

我心不在焉地应道："那就将军之子。"

谁来掌管这个王城，我并不在乎，我只想这个国王不得好死，将我当年受过的苦，全都体验一次。正当我在琢磨如何报复时，他突然打断我："想什么这么出神？"

我说："没什么。"

鹿笑得很甜："那就好。晚上我们一起出去吃怎么样，天天做菜，我都要累死了。"

其实我有点想拒绝，可是对着这样一双大眼睛说"不"，晚上可能会做噩梦，回头要和神父告解的。

当天晚上去吃了一家他推荐的餐厅，味道当真很不错。我满脑子都在和恶灵盘算计划，以至于到他问第三次我是不是不舒服时，我才反应过来："没你做的好吃。"

刚才还满脸愁云的鹿立刻喜笑颜开，我顿时有点骗小孩的罪恶感。按理来说他应该大我好些岁，但是在某些方面却纯净天真得令人心疼。像这样一个过于干净的人留在世上，实在是很残忍。

而故事的主人公浑然不知："既然这样，我明天教你做饭吧。"

我："好……啊？"

从未设想过的道路。

直到第二天他全副武装，并且逼迫——其实是撒娇要我也全副武装后，我才意识到他是认真的。我硬着头皮拿起了锅，唰地把荷包蛋糊到了天花板上。他看了一下粘得结结实实的蛋，评价道："嗯，准头不错。"

我刚想用"你看我不适合做饭"的理由推托外出办正事，就被他柔柔地搭住手腕："再试一次吧。"

再试一次吧。这一个月里我本应该握刀的手莫名其妙握了很久的锅铲，期间还有另一双手搭在我的手腕上。他的手和我想得截然不同，有茧，也有无法痊愈的伤疤，比起一位养尊处优的王子更像一个行游医者。而这样一双手此时正握着我沾满无数鲜血的手，我条件反射地僵直着。

他说："你手放松一点，不要这么紧张。"

我："我没有紧张。"

他："可你狐狸耳朵都露出来了。"

"咣"的一声巨响，锅砸在灶台上，鸡蛋全部掉在地上了。他扶额："家里真的没有鸡蛋了。"

我把耳朵和尾巴唰的一下收回去："你……"

他指指自己："我？"

然后微微垂下头，露出一双浅棕色的鹿耳朵，眼睛忽闪忽闪："别担心，我也是兽人，不会为难你。"

曾经不好的经历依然回荡在我心口："好歹也是天敌，你不介意狐狸？"

"不介意，我很多年前还救过一只狐狸。"他眯起眼睛。

我："那你想来很后悔吧。"

"后悔？"他歪了歪脑袋，"也许有一点吧。"

我慢慢卸掉了浑身柔情，居然找回了支持我站立的东西。那种昏昏沉沉，如梦似幻的蝴蝶，从我脑子里飞走，没有关紧的窗户溜进第一缕冷气。

冬天要来了，我清醒过来，而我还在这里干什么呢？

此后一个月早饭吃得很沉默，当月最冷的一天，三两下喝完他煮的鸡粥后我说有事要办，也没有回头看一眼，没有给他机会同我撒娇就出了门。我一边摸索皇宫的地形一边同最近安静如鸡的恶灵们抱歉："不好意思，前阵子有点飘飘欲仙了。"

那位总是喜欢说教的亡灵立刻说："没事，终身大事重要。"

我本来还有心情斗嘴两句，这会儿突然自嘲地笑起来："不会有了，凡事要问问自己配不配。"

本来叽喳八卦的亡灵们忽然变成了一串稀碎的忙音,甚至有亡灵飞出来,拉住了我奔跑的脚。

我听到无数个声音犹豫良久想开口,最终沉默下去,而在第一个人打定主意之前我先道:"不要说什么其实你们不复仇也可以。"

我咬牙:"即便你们一千人都接受,我也不允许。"

皇宫地形复杂,但因为从怪病蔓延开始一直没有根治的良方,而国王似乎又病重到了难以挽救的地步,所以一路上连守卫都相当松散,气氛相当冷清。我在黑暗的走廊中畅行无阻,在推开国王寝室,拨开床幔的一刻,忽然明白了为什么连看望他的人都没有。

因为他的状况看起来实在太令人作呕了,本就苍老干枯的一张脸上遍布血痕疮疤。他不停地翻身,舌头已经麻到无法说话,手臂无法抬起,只有喉管在看到我出现时,吐出"啊啊"声。

晚景萧瑟。

我站在床边,身体一点点变形,从一只火红的小狐狸变到撑满整个挑高房间,骨肉外露的巨狐。我看着他惊恐万状,连哭号都不被允许的样子,忽然想到当初的自己。

我说:"去吧。"

从第一个冤魂飞出我空荡的肋骨开始,一千个恶灵会聚成宛若黑雾涌出,我看到它们穿过国王的身体,与当初试图挤入我不同,只是泄愤似的狠穿过去再回来,挤压他的灵魂,那种钻心刻骨的疼痛,估计就算他到地狱也不会忘掉了。

在亡魂乱飞的过程中,我注意到床头柜上研磨的药粉中,还有半根小小的鹿角。我心想果然这只蠢鹿把自己的角拿去给人入药了,他的鹿角力量极强,也就是这国王遭天谴,病重到这个地步,药石无医。

我心念一动，把那根通体雪白的鹿角衔在口中。大约一整只蜡烛烧完的时间，那些亡灵才重新平静下来。

国王在床上一动不动，但是我知道他还没有死，肉体上的最后一击，必须由我来给予。我心中既没有怜悯，也没有大仇得报的欢喜。

就在我巨爪落下之前，一只骨节分明的手柔柔地抵住了我。那只蠢鹿就这样横亘在我和床铺之间，我的第一反应却是："别看。"

不知道是说这丑陋的国王，还是说现在丑陋的自己。

他居然笑了，成为房间内唯一的暖色："你什么样子我都看过了。"

我一怔："所以你早就知道了？"

难道那些对我的好，那些温柔，都是为了所谓"感化"我不要复仇？

"是呀。"他笑得仍然温柔，"……毕竟那样漂亮的皮毛，看一次就不会忘记。"

漂亮什么？他见过我的样子，全都是烂得像破布一样的。

"我看过你的画像。"他说，"我离开荒岛后来到王城，了解了事情的全部经过。"

我说："既然你知道，那更应该知道我是来复仇的了。"

他平静地说："你复仇得够多了，他也活不过这个冬天。那些出卖你的人，你一个都没放过。你的复仇结束了，我们可以将证据整理好交给小将军。"

我咬牙："你倒是会替我原谅。毕竟你是大善人，差一步就成为神明，什么你都能付出。"

他忽然苦笑起来："你真是把我想得太好了。"

他再抬起头的时候，脸色无比苍白，看起来快要消散进墙壁里："你以为多年前的那场怪病是无妄之灾吗？"

我抖了抖："你什么意思？"

"这场怪病是我降下的诅咒，私自降下的天谴，所有当初参与围捕的人都没有放过，按照罪责反噬。国王病重是因为他罪孽至深。"鹿说，整个人薄得像一张纸鸢，"我太年轻了，不该贸然行事的。"

"这可是动私刑。我永远失去了离开这里的资格，因为我也沦为这黑水其中的一员了。此后再断鹿角吊着病人一口气也好，路见不平救人助人也好，都是我的自我赎罪，父亲已经永远关上了门。"

可是，他的眼睛亮晶晶的。我只有一点点后悔，因为他的这些罪孽，都是为我承担的。我想要他永远纯净，可是他已经自发在血里滚过一圈，只是为了我的手少沾血。那只漂亮的鹿角早已经从我口中掉下来，摔了个粉碎。我再次意识到他现在真与凡人无异，方才就这样冲到我爪下，如果我慢一点点……

他仿佛看穿了我要说什么，抢先道："你说过不会让我受到伤害，我相信你。"

我一语不发，直到他跳起来，摸过我残破的脸颊说："不要为我哭。"

我才反应过来这陌生的感觉是眼泪——那滴挂了将近一百年的泪水，终于落下来了。我变回人的形态。小心翼翼地埋进他胸口，圈住他瘦而薄的腰肢，抱紧了，抱实了，好像这样他才不会飞走。

他揉了揉我的脑袋："不杀他了？"

我憋出一个笑："反正他也要死，其他恶灵也都报过仇了。"

"那你呢？"

我破涕为笑："现在我相信你年纪大了，记性不好。"

几十年前的某一天，不是已经有一只鹿自断大好前程，救赎了一千零一个怨灵中的一个吗？

鹿握住我的手，他总是将哭未哭的，不回头看那张床铺一样："那我们回家。"

我点点头："回家。"

我本以为回家应该互通心意，两人浓情蜜意一番，没想到我们回家第一件事，竟然是挖坑。

鹿一本正经地拿着铲子："既然它们已经得偿所愿，总归也是要安息的，哪怕是空冢也聊胜于无。"

看着将军硕大花园里大大小小的一千个坟墓，连我皮下那个没什么道德感的亡魂都有点不好意思："你确定这样合适吗？"

我哼了一声："房子都归我们了，有什么合不合适的。"

等到完工，一个个帮忙回忆名字再刻上去，已经到了第二天早晨。鹿累得瘫倒在我腿上睡着了，半梦半醒中，就像第一次接触这些声音时一样，那一千个叽叽喳喳的声音重叠成一个，男女老少，不同音调不同音色，都在诉说着——

"谢谢。"

"再见。"

当阳光铺满这个花园的坟墓时，我的身体感到前所未有的轻。我是焦骨牡丹，因爱而重生一次，几经周折，最终又回归成平常的漂亮狐狸了。

第二天我们一起在南面向阳的房间里睡了个懒觉，我先醒一步，坐起来，看着他半张脸埋在枕头里撒娇，玩着他棕色的柔软的微卷发，开口："你接下来要去哪儿？"

他愣了愣："我答应过将军……"

"我的父母我怎么会不了解。"我打断他，"现在那么多人陪，他们一定嫌吵才对。"

"更何况。"我笑起来，"我爹一直想看我找个不在乎我皮毛的人，他要是知道自己耽搁了我的蜜月旅行，肯定恨不得再死一回。"

他沉思了片刻，最后说："我想到处走走看看，能救一点，能帮一点是一点。毕竟我犯下的罪孽，我这一生都还不清了。"

我说："那我就陪你一起走下去，我也有很多要还的。"

他笑着爬起来，用额头顶着我的额头，就像我们第一次遇见那样："你不是只因复仇才走下去的吗？"

不。我吻他的睫毛。我是为了与我的神明重逢而走下去的。

这个故事跌宕起伏，在座的听众时而眉头紧缩，时而叹息哀愁，在最终得知他们走到一起时露出微笑。

"那你们又为什么会被困在此地？"共情能力最弱的小人鱼率先开口。

青年有一搭没一搭梳理着狐狸的毛发："我们搭乘巨鲸打算去往别地救人，没想到遇到了暴风雪。我已经是一个普通人，自然随着鲸落死去了，而她……"他目光微垂，"她不愿意离开。"

"除非和你一起。"

"关于鹿……"突然一个小幽灵想到什么似的，不顾厨师长的危险凝视继续开口，"我也想到一个故事，是我在魔王城堡辞职之后，留在那里的朋友寄给我看的。"

泛黄的信铺开了。

"展信佳……我的朋友，你一定不敢相信，这竟然是一场惊天大骗局……"

主 菜

配料

残破黑纱、一具拼凑的美神像、两个谎言

"你成功了，小勇者。你仍然可以
向系统许愿。"黑纱被我抛起，落
下时变为纯白色，摔到我蠢哈哈的
小新娘的头上，"你没有杀死魔
王，但是你征服她了呀。"

驯化

经过走廊听着一连串"皇后好"的时候,我得意得嘴角差点翘到天上。

金毛侍女毕恭毕敬地把我一路引进主殿,搞得像这是她家一样。烛火伴随我们的脚步亮起又熄灭,她有点害怕地缩了缩鼻子,狗耳朵都耷拉下来。怜猫惜狗的我安慰道:"别怕,都是声控的。"

大门自动打开,远远看见左右护法的牧犬卫兵,以及那位坐在稍显拥挤的宝座上身高腿长、肤白貌美的魔王。他的皮肤白得像远光大灯,把大殿照了个灯火通明,嘴唇红得像血,朴实无华且稍显烦躁的眼神在看到我的一刻亮了些。

侍女口中的"拜见魔王大人"还没有来得及说出来,我就以每秒七十迈的速度冲过去,一把薅住他毛茸茸的脑袋。魔王愣了一下,有点不好意思地轻轻抱住我的腰,然后挥了挥手遣散所有侍卫。

他隔着我遮脸的黑蚊帐，温柔且深情，说出的话却残忍无比："大人，您到底什么时候愿意放我走？"

我在他怀里寻找舒适区，闻言很不乐意，重重地拍了一把他肉感十足的大腿："明明是我英雄救美，你以身相许。"

事情要从一年前说起，虽然身为这个童话世界的四大魔王之一，但我不像其他几个那样热衷于变成龙在大陆作威作福，干些斗骑士娶公主嫁王子的事情。

几百年来我安分守己自主隔离，大门不出二门不迈，除了过分喜欢毛绒动物之外没有任何不良嗜好。就这么一个讲文明树新风的孤寡老魔，居然因为再一次缺席麻将局，被剩下三个魔王举报了。

童话世界的系统判定我消极怠工，对推动故事毫无建树，一举没收了我城堡里所有自己养的小动物，逼我出门拥抱太阳。百年心血毁于一旦，我倒很硬气，既然不能撸猫就睡他个一千年，直到第二天被饿醒，我才发现出了大问题，魔王一般是不会饿的。

医生脸色不佳："你这是毛茸茸综合征。"

我说："是绝症？"

他："对于魔王来说是的。"

我："你别害怕，我不要面子。"

他："不是面子不面子的问题。我估计毛茸茸是你的魔力源泉，你现在魔力所剩无几。"

我两眼一黑，医生很有准备地拿出嗅盐，生怕我晕在他店里引发后续的医疗纠纷。

每个魔王都有一个魔力源泉，一般来说是我们当时最爱的东西。我曾经打麻将赢走了一个魔王的所有钱后他郁郁寡欢差点寻短见，我吓得连夜把金矿堆在他家门口，他才告诉我钱是他最爱的东西。没有魔力后的他连做个家务都腰腿酸痛、精神不振，差一点就能去担任某药物广告的男主角。

我当时乐了老半天，因为我很少有需要用到魔力的时候，所以我一直没有钻研过什么是我的魔力源泉。我以为自己没有最爱的东西，直到今天我才知道，我最爱的可能是毛茸茸的动物。

没有魔力对魔王来说是很危险的，按照童话世界的规则，如果有人能屠戮或者降伏魔王，那么他就可以成为存在感极强的勇者，向系统许任何愿望。

于是害怕被打的我立马穿上假皮草和丝绒大外套以及面纱就冲出诊所，打算先抓几只毛茸茸的动物补充点能量。

医生追出来："你没给钱！"

我头也不回："现在我是横行霸道的魔王。"

要说系统真是蔫坏蔫坏的，我前脚刚出诊所，后脚大街小巷就贴满"毛茸茸动物在外要注意安全"的告示和我的照片。导致我忙活一天只在森林小区抓到一只蠢兮兮的被夹子夹到的鹿。我夹着这只长腿蜜糖色水汪汪大眼睛的青年，有点失望地撇嘴。唉，鹿的皮毛都硬渣渣的，不太好撸。

这小鹿挣扎得特别厉害，动作幅度大到让人无语。

我年少成魔导致个子娇小，想要按住他有点困难，最终只好退一步："我不吃你，我需要你的帮助。"

蠢鹿半信半疑地擦着眼角的泪水看我。

我绘声绘色地编了一个故事，因为我相貌太丑陋所以爹不疼娘不爱，于是黑化了，即使被选中成了魔王也没有好转，穷到只有动产和不动产。我的理想就是拥有一个热热闹闹的大家庭，享受一把万人追捧万千宠爱的生活。我观他相貌甚佳，骨骼惊奇，想要特聘他为形象大使，扮演魔王。

蠢鹿的眼泪又流出来了，他英勇就义地握住我的手："虽然我漂亮得不讲道理，没有受过这种委屈，但是我一定尽全力帮助你。"

宛若圣母在世。

第二天我就往他脸上擦了我最白色号的粉底液，给标致的嘴唇抹上最红的浆果唇釉。他一袭素白长袍站在集市的欢乐大舞台上念我写的招聘稿，光芒万丈，美得不真实，简直是一件利器，一阵风暴。最后一句是他慷慨激昂的号召："找工作，和魔王谈。"

很多猫猫、狗狗和兔兔族人可能也没听他说啥，一听还有这种好事，立刻举手报名……成为王的用人，只为多看几眼他不讲道理的绝世美貌。

而我看着一个个毛绒团子的尾巴拱来拱去，眼泪从眼角滑落。

我多年没有外客的城堡终于热闹起来，虽然这些来客不能一直完全保持动物形态，但是尾巴和耳朵尚在，聊胜于无。

我被作为"魔王的新娘"介绍给众人，果不其然收获了雌性动物刀子般的眼神。在这样爱的沐浴中我能感觉到魔力流回指尖，我立刻给鹿鹿加了一层圣光美颜作为回报。

就这样过了半年，邻里乡亲挺和睦，老少娘们也合群，除了鹿鹿经常接到投诉，并警告我不要尾随骚扰小动物。我已经捏准他的软肋，立刻可怜巴巴地说："可是别的小女孩小时候都有毛绒玩具，我却只能在垃圾堆捡别人不要的泰迪熊。"

蠢鹿的目光一下子柔软湿润起来，他献祭般地低下脖子，棕头发里冒出一双柔软的大耳朵："那你不要骚扰别人了，你可以薅我的耳朵。"

我傻站在原地并没有什么动作，心想可是你一点都不好揉。

他等了半天没有等到还疑惑地抬起头，我在他亮晶晶的眼神里败下阵来，意思意思揉了好几把。

当天晚上他还视死如归地挺在我两百平方米的大床上："你再也不用去垃圾堆捡泰迪熊了，我就是你的毛绒玩具。"

我心想：倒也不必。

结果他主动投怀送抱，心一横撞进我的怀里，差点把我新装的肋骨送走。蠢鹿浑身暖烘烘的，头发软趴趴的倒是很好揉，更何况陶瓷一样的脸蛋卸掉粉以后更加漂亮，细小的绒毛都可爱无比，我再一次向毛茸茸俯首。算了，不能抱抱熊，就抱抱鹿吧。

准备睡了，可是光还是透过我薄薄的眼皮照过来。我踹了一下他的小腿："好亮，谁关下月亮。"

他委屈巴巴："是你给我加的圣光。"

日子平平淡淡才是真，我本来以为可以继续这样平凡的快乐下去，在大房子里逗猫遛狗，横竖也不枉担了新娘的虚名。小鹿在怀的日子倒也不赖，虽然他又蠢又天真，做出来的饭能够毒死我，还三天两头把我的阁楼和书架砸塌。但是面对他亮晶晶的眼睛和因为不安而踱步的脚，没有人忍心责怪他。

我每次忍无可忍伸出去的手在他紧闭起眼睛等待责罚的一刻又慢下来，揉起他的耳朵。这时候他就悄悄地睁开眼睛，乐得像个三岁孩子。

蠢鹿闪着他的大眼问我："我的家人和朋友都说魔王是很残暴的，可你一点也不像传闻中的那样。"

我说："人设而已，总是需要人背锅。明明我们魔王高投入低回报，退休后五险一金都没有。"

然而这周，这只之前一直很配合我演出的鹿已经是第三次问我，能不能放他走了。我难免会想到点什么。

我："你该不会是春天到了吧。"

"什么呀！"他用并不存在的鹿角撞了一下我的肩膀，气鼓鼓地说，"我是要回家，我一大家子人在等我……我那天出来是有重任在身的，结果就被你抓回来了！"

我心说你可得了吧，我调查出本世界鹿的数量都快清零了，不然他那天"呦呦"那么久也不会没鹿来救。还不如跟着我混，攒点存在感，系统一高兴还能救救你们这一族。但是我没有说出来，非常蛮横地捂住他的嘴："进了魔窟可没那么好出来的。"

这小鹿什么心事都写在脸上，一天比一天焦虑。

暗恋假魔王大人的狐狸裁缝问我："魔王大人怎么了？"

"鹿吗，每年总有几天不舒服的。"我伸过去摸尾巴的手被拍开了，于是我没好气地改口，"再问把你做成皮草。"

很显然我的警告没有起到作用，蠢鹿第二天一大早趁我没醒蹑手蹑脚试图离开，结果被一直想讨他欢心的猛虎园丁中气十足地以席卷八荒之势问候："魔王大人，一大早的您要去哪里啊？"

然后我吓醒了，并把这句话刻进脑海里。

他的第二次出逃也很不赶巧，好不容易一路穿过山和大海，也穿越了人山人海，一只脚踏出大门，迎面走来三个威压极强笑容满面的魔王，扯着嗓子说要来看美得不讲道理的新娘。

蠢鹿像一只鸡崽一样被提溜回来，摁在我旁边吃早饭，他屈辱地听着另外几个魔王对他指指点点。最后逃也似的进厨房，还因为砸坏盘子弄丢刀叉被厨娘扔出来。

诸如此类的事情反复多次，今晚他又一次不知道看了什么动画片而试图把窗帘打成绳子逃出去，结果只会打蝴蝶结，所以险些从十楼掉下去。

我把他抱回来摁在被子里的时候也有点生气，倒不是因为瞬移耗费来之不易的魔力，而是我刚梦到一只香香软软的小鹿往我怀里拱，接下来他的尖叫就让我想起鹿根本不好摸，察觉到异样于是惊醒。

我没好气地拍了他的屁股："真该给你送到乐队里去。"

他抖了抖："什么乐队。"

我："逃跑计划。"

说完这些我就不太想说了，他三番两次的深夜濒死让我神经衰弱，仿佛主职变成了救他。

他用尾巴给我擦了擦手心的冷汗："你是不是耗费太多魔力了。"

我说："是的，我现在腰腿酸痛、精神不振，你再动一下我就要当场去世了。"

半夜睡得神魂颠倒时感觉到有凉凉的东西抵在我的脖子上，过了一会儿又是温热的水。

我也不知道他作什么妖，可能是想给我回转一下魔力吧，我实在懒得管鹿族的偏方。

第二天早上起来他眼睛肿得要命，我给他拿了个冰瓶子消肿。他很别扭地说今天丑不见人了，就把自己关到房间里去。

于是我只好暂时接管别墅大大小小的事宜，猛虎园丁和我说蔷薇被他细嗅结果嗅没了，兔兔厨娘说刀具找齐了不用买了，猫猫大爷说不小心抓烂了魔王的王座，狗狗侍卫说魔王大人又跑了。

我："行行行，好好好，都可以……谁又跑了？"

我看着空空如也的四百平方米的房间，唉，真是让人不省心。我有点呆滞地坐了一会儿，告诉自己想走的也留不住。最终摆摆手说："看来天道有轮回是真的，终于轮到我被抛弃了，这都是命。"

此消息一出，一半为了漂亮鹿鹿来的人离开了，剩下一半人很怜惜我，决定坚守城堡，做我的贴心小棉袄。

日子还是接着过，只是夜晚没了怀里暖烘烘的鹿，我的身体一天天冷下去，物理意义上的冷。意识到的时候已经有点晚，明明只有两个月，明明城堡中留守的毛茸茸动物还不少，但我的魔力就像抽水马桶里的水一样被抽走。

我的魔王朋友们七嘴八舌，白花恨不得堆满我的大房子。只有一个靠谱的说："要不你多出去走走，你这里的小动物都是半人形态，可能不够毛茸茸，才会导致这个局面。"

我琢磨了一会儿，决定出去。顺便例行嘱咐了守卫一句，要给迷路的孩子留门。

我穿越了人山人海，又来到了故事开始的那片树林。我在小路上站了一会儿，这次没有逮到一只磕磕碰碰、跛脚的小鹿。大约三刻钟后，我叹了口气准备离开。

听到断断续续的鹿鸣时，我以为是我幻听，但我的腿脚已经带着我往森林深处跑。然后我在密密麻麻的荆棘围栏里再一次见到我的鹿，仍然美丽，只是遍体鳞伤。

我走过去扒开荆棘，手上鲜血滴得像不要钱，他声音发抖："你不要过来，这些会刺痛你。"

我把他抱出来，给他看我手上的伤口："不要紧，已经愈合了。"

我没有在哄人。当我的指尖触碰到他血痕满满的皮毛时，魔力重新流淌入我的身体，无比充盈、强大和有力。我像是找到一口井，一片绿洲，他的眼泪足以填平我的干涸。我不得不承认他是我最喜欢的毛茸茸动物，或者说，他是我最喜欢的。

我一面治愈他的伤痕，一面说："你现在哭得不漂亮了。"

他却突然发起疯一样，像第一次一样踹我，险些摁不住："我骗了你！所有一切，什么都是假的！"

什么都是假的。他的蜜糖眼睛来自养母，柔顺皮毛来自表兄，嘴唇来自另一个他的妹妹，连腿脚都是四拼八凑。这个即将灭绝的，因为良善低调而被童话世界抹消存在的群族，用尽全部东拼西凑出这样一个美神。

他们把这份不应存在于世的美貌献给我，而他的美貌本身就是一件利器。

夹子是其他鹿摆放的，在我必经的小道上。这是一场针对我的伏击，本就没有人会来救他。

而我的小鹿抽抽嗒嗒："我是来娶你……"

我说："你做到了，我是你的新娘啊。"

他："……狗命的。"

我看着他蒙眬的泪眼，温温热热打在我手上的液体，最终撩起黑纱道："我知道的。"

杀死魔王，成为勇者，在童话书上留下极富存在感的一笔，向系统许愿，换回那些被抹去的家人。

那些针对我的饭菜，轰然倒塌的吊灯和楼阁，那些失踪的刀子，在我最虚弱的时候曾经抵上我的脖子，可是后来又被放下了，取而代之的是落下的温热的眼泪。

他的皮囊都是借来的，假的，唯独那颗心真正地、莫名其妙地、不讲道理地爱上了我。爱是痛苦的附赠品而非对立，责任感让他回到森林，领下荆棘罪罚。

这么煽情的时刻他却瞪大眼睛险些吹出鼻涕泡："你骗我，你说我是丑八怪！"

我很无奈："一人骗了一次，算两清好不好。"

他扭捏地蹬腿，被我攥住尾巴。我吻着他长到离谱的睫毛和眼睛："别再逃了，这次不以形象大使，以新娘的身份邀请你入驻好不好？"

他的眼睛亮了一小下，却又在看到我背后迫近的其他的瘸拐鹿时黯淡下来："没用了，任务失败了，在这个存在感至上的世界，不久后我们一族就会被清除。"

我揪着他的耳朵。

"你成功了，小勇者。你仍然可以向系统许愿。"黑纱被我抛起，落下时变为纯白色，覆盖住了这只小蠢鹿，"你没有杀死魔王，但是你征服她了呀。"

"你朋友管这叫惊天骗局？"另一个幽灵嗤笑，"我看是惊天狗粮才是吧！"

那只神鹿却徐徐道："虽然故事圆满，但个中惨痛，就拼凑身体只为造神这一点，都是相当令人痛心的。"

狐狸围脖在他肩膀上翻了个身，安慰似的蹭了蹭他的面颊。

被忽视了许久的厨师长得意扬扬地端着一个大托盘，仿佛是他精心挑选加工的得意之作。

伴随着盖子的掀开，盘子中方方正正地摆着两张小卡。在场所有人或者非人都闻到浓郁的红酒、鲜花以及海鲜烩饭的气味。

"是理想世界中家的味道。"大家纷纷说。

厨师长勾起嘴角："你们都被骗了。"

"来吧，让我们走入真正的骗局的盛宴。"

主菜

配料

一串珠宝、虚假的阳光、闪光灯

当两张卡片取代他的身影时我意识到这一切结束了，我再也遇不到这样的人了。第一张我看到的是任务卡：纵容你的反派爱人。

共演

　　二十岁抽到"反派卡"的时候，我的心情毫无波澜。系统说抽卡会参考人的本性，那么我抽到反派卡的概率就好比里德尔被分进斯莱特林，几乎是命中注定。

　　紧跟在身份"反派卡"的下一张卡就是任务，很简洁明了：消灭你的爱人。

　　我偷偷瞄了一眼我名义上的爱人，他看起来有点无奈，注意到我的目光后很快挤出一个安慰的笑容："好人卡。"

　　我努努嘴，他的性格如果抽不到好人卡简直天理难容。我一直觉得他简直是圣子下凡受苦，大概率是个助人型人格，日常脾气好得不可思议不说，眼睛也干净得吓人。他太明亮了，以至于招来了我这样的人。

　　我一直觉得很奇妙，他的职业是一个演员，天天在娱乐圈这种大染缸里泡着，居然还能保持本性，愚蠢又天真。

"你呢？"小白莲看起来有点好奇我的牌，但是出于尊重没有探头看。

我耸耸肩："不是什么好牌，普通人。"

他把我揽进怀中就像他平时以为我需要安慰时那样做："没关系，我的任务就是帮你来着。"

我埋在他的怀抱里面无表情："我爱你，保护我。"

在我们这个非常戏剧化的世界观里，所有人二十岁时都会抽到属于自己的角色卡，分为极少数的"好人""反派"，以及占比百分之九十的"普通人"。

"好人"和"反派"都有特殊任务，比如"好人"任务大多离不开救某个重要人物或者消灭某个反派。"反派"则比较丰富多彩，比如消灭某个好人甚至反派，让某人身败名裂，破坏社会稳定，庄严宣誓不干好事等等。

"普通人"就简单得多了，擦亮眼睛识人，过好自己的日子，保证自己不要成为某个反派的攻击对象。除此以外普通人可以照常生老病死，"好人"和"反派"却有一个倒计时，三年内完不成当前任务就会被系统抹杀。

我确实见过倒霉抽到反派卡却不愿意执行任务的人熬到第三年，和同样接到任务"消除你的反派枕边人"的好人相拥灰飞烟灭。但那太傻了，不是我要的生活。

我长得漂亮，从小家境普通，但是欲望和虚荣心膨胀得比气球还大。无论我如何努力都从来得不到我想要的，得到了之后还会有更昂贵闪耀的下一样，它显然更衬我，这样的生活让我愤恨欲死，趋近疯狂。

可能是我的歹毒让老天看不下去了，派下小白莲这样的圣子来惩治我。

没有人能责怪我。

是他自己走下神坛给因为求而不得坐在街边发疯的我买热饮又递纸，是他在我无理取闹做出危险动作时不顾一切温柔地抱着我吻我。我试过把他推离，可是他走得更近。

他觉得自己在做好人好事？觉得凭借这个就能拯救我了？他在自我感动什么？

好吧。既然你这么心甘情愿的话，就帮我顺利完成这个任务活下去吧。我把人物卡收进仅个人可见的卡包。

我的想法很简单，既然我在之前的一次争吵里已经用一哭二闹三上吊的招式逼他和我结婚，那么在完成任务之后，他的遗产也将全部归我。

我可以选择继续用我的"反派"卡去完成下一个任务，又或者我脑子被枪打了，去继承他的"好人"卡，但愿不会有这一天。

抽卡后的生活照旧，一模一样的无聊。他可能曲解了那句"保护我"，甚至比原来更加烦人。

我每天一睁开眼睛就能看见这家伙瞪着他那双比我大两倍的眼睛看着我，然后对着我的脸亲了再亲。我说："你干什么啊。"

他笑得傻乎乎的："想多看看你。"

我想：……必须赶紧完成任务。

秉持着任务为大的原则我不打算和他多计较，就当这是他的心愿清单。

　　为了确保我的任务能顺利进行我做了很多试验，包括但不限于给他递水递各种吃的，本意是测试他会不会对我递过去的东西起疑，没想到他居然问："亲爱的，你是不是又有想买的东西了，怎么这么乖。"

　　我很无语但是我不能说，只能敷衍地说看中了一个小包。

　　第二天他就给我带来了，大眼睛眨巴眨巴的，如果背后有尾巴应该在摇吧。

　　其实他的薪水和明星比起来不算高，但毕竟是个正儿八经的演员，电影都属于叫好不叫座的类型，奖项得了不少。他自己生活只求舒适，一点也不铺张浪费，我不相信他动辄给我买个奢侈品能不肉痛，但好像只要是我提的东西他都会买。

　　面对一个真心实意对你好的人，你就算不喜欢也很难做到去讨厌、去恨。我对他的感情很复杂，一面又觉得他可爱可悲，一面又对要消灭他而感到愧疚。这种情感就像对待一条忠心耿耿的大狗，我会揉揉他的脑袋夸他真乖，但我做不到爱他。

　　毕竟我只爱我自己。但是他却因为被我夸了很高兴，压在我身上又是亲又是抱的："你真好，你以前都不这样。"

　　我琢磨你可能有点斯德哥尔摩综合征了。

　　"起开。"我推搡他的腰，"这么大一个人重死了。"

　　他撑起来一点，眼睛依然亮晶晶地看着我。

　　他这双眼睛非常勾人，如果哪颗钻石能有它十分之一的光彩那一定可以艳压群芳。我还记得有一回去电影院看他演的文艺片，大荧幕上的他忧郁神经质，把由爱生恨的青年诗人演绎得淋漓尽致。我觉得他平时一定很细致地观察我才能把角色演得这么好，毕竟他是与之截然相反的那种人。

坐在我旁边的他一会儿搓搓手一会儿挠挠头，根本不看电影，专注看我的反应。字幕跳出来的时候没有忍住凑过来撞翻了爆米花，一双琥珀色的眼睛亮得像晨星："我演得好不好？"

我掐了一把他的脸："你真是太不适合演反派了。"

他曲解了我的意思，退回到黑暗里开始反思。

在以前我懒得和他多解释，也不想给他什么好脸色，不停试探他会为我做到什么地步，看我退九千九百步他会不会追一万步。如今我完成任务已经是板上钉钉的事，出于某种补偿心理，我不介意他过得舒服一点，好好工作，多多赚钱。

相安无事一年半多，我和他去参加一个庆功宴，他被其他演员团团围住的时候我就到处乱转，我对自己的相貌一贯自满，即便在这样美女如云的场所，试图和我搭讪的人也不少。一位男性在我身边侃侃而谈，手克制地放在我的腰部。我不动声色地观察，如果真打起来我有多少的胜算。

到后半场聊得有点嗨，我笑得花枝招展，因错过了他给我打的电话，没注意到他站在我身后。

我也从来没有见过他戏外那么失落阴郁的表情。外面夜风很大，他把衣服盖到我身上就往停车库走。

我有点尴尬，但是我不会哄。回到家思前想后给他倒了杯热牛奶作为赔礼，结果他没有喝。这是他第一次没有喝我给的东西，我歪了歪头把杯子摔了，碎渣子溅了一地。

我在家里习惯打赤脚，这样一下脚上和手背都出现伤口，他条件反射向我走来，我后退了好几步，更多玻璃渣子往我脚里扎。

确实挺痛，但是我不可能在这时候认输，互相折磨是我们无法避免的事。我看到他眼睛先红了，所以这次胜利又是我的。

他最后直接把我抱起来往床上一摔，跪在地上帮我包扎。我的脚冰凉凉地贴在他温热的手心里，他的语气近乎乞求："我错了，你不要这样惩罚我。"

我的表情应该很冷漠，也许很快意，我听着他一遍又一遍给我道歉，吻我冰冷的膝盖和指关节，只觉得可怜极了。

他完全可以转身就走，离开我这个疯子的，可是他没有，只剩下一种可能就是他也是一个疯子了，如果不是也迟早被我逼疯。那是我们三年里最后一次争吵，之后我表现得很温驯，他更是对我百依百顺。

大概在第二年半，他开始变得支支吾吾起来，时常长久地凝望我，极度缺乏安全感。睡前要抱着我就好像怕我逃走，竭尽所能地对我好。我试过表现得亲近一点，但我能想到对他最好的亲密接触就是冬天用我冰冷的脚踹他的小腿，他会迷迷糊糊地醒过来把我的脚揣在怀里，笑得很甜。

我知道他心里觉得我可怜，因为他就是这样一个善于把自己想象成普度众生的使者的人。但他那段时间，他清醒时的眼神，明明白白就是惶恐。

我感到大事不妙，总觉得他是察觉到了什么，试图用这种方式来让我心软。所以我模仿了其他女孩的行为，开始撒娇，开始黏人，而我越这样他越欲言又止，甚至用应酬为理由推拒了我的一次饭局。

正当我焦头烂额之际事情出现转机，有一回他接我下课，一起走回家的时候被不知道从哪里冒出来的疯子刺伤了，这种情况前所未有，因为他的知名度不是很高。

那把刀捅向他的时候我没什么反应，但是突然想到如果他被害了我的任务岂不是就要泡汤，于是一咬牙就替他挡了。他那时候那个眼神，怎么形容呢，就是三分惊喜、三分欣慰、三分热爱，还有一分我看不透。

后来我躺在病床上阴谋论怀疑人是他找的，他坐在我旁边给我削苹果，我心不在焉地听他说些琐事，所以他掏出戒指的时候我差点呛到了。

我们领证很久了但是没有更进一步，别说婚礼了，连个戒指都没有。我之前没考虑过，他这会儿提确实吓了我一大跳。当时我刚醒，头发还乱糟糟的，穿着蓝白色的病号服。他这就属于乘人之危了，但我鬼使神差地从他手中拿过了戒指，套在了自己手上。

他跳起来想要抱我又后退一步，整个人傻不拉几地转圈蹦小碎步，从手机里划开好几张婚纱的照片，都是我喜欢的设计师，我看得眼花缭乱。

我问他："你策划多久了？"

他说："从你住院开始。"

于是出院不久后我们就办了婚礼，到场的人很少，出乎意料的是他家人和他关系也不太好，关系疏远冷淡。我本以为只有我家会这样，毕竟和神经病相处挺难的，也不怨他们。在稀稀拉拉的掌声里他吻了我，然后红着脸蹲下来埋进我的颈窝，发胶固定好的头发都蹭乱了，抬起头来看我的时候，眼睛比头顶的水晶灯更明亮。

面对那样真切的目光我突然掉下眼泪，他手忙脚乱又惊诧万分地安慰我。我哭着说："你为什么选择我呢？"他一边擦我的眼泪，一边用那种珍视到恐怖的眼神望着我："我不会再遇到你这样的人了。"

我心想你这不是废话吗，我这样的疯子打着灯笼也难找啊。那一次是我真心诚意地吻他，因为我意识到我也遇不到这样的人了。

不久后他就带我去了一套更大的房子，房产证上是我的名字。原来那一套也没卖。

他抱着我坐在懒人沙发里的时候和我咬耳朵："你以后和我吵架了就把我踢到那套小房子里住，那边那么冷那么空，我肯定会忍不住来和你认错。"

我玩着他的手指，说不会的。他就傻兮兮地笑。

新房子采光很好，家具主要是原木色，他在飘窗上铺了一张特别舒服的毛毯，我没事就喜欢躺在那上边晒太阳，他腿长蜷上来特别委屈，就干脆趴在旁边看我睡觉。在我睡相不好滚下去时扶托我。

有一天午睡醒来的时候我看见他，头发软软地搭在额前，阳光打得皮肤接近透明，每一道笑纹和法令纹都是时光的馈赠。脸上细小的绒毛随着呼吸一晃一晃，他纯净如圣子，而我是地狱本身。

我那一瞬间，只有那一瞬间想要把他叫醒，让他快点逃，逃到地球另一边，这样我就没办法轻易地攻击他。

可是他睡眼惺忪地问我"你怎么了"的时候。我只是摇摇头，说："想喝奶茶。"

新婚时期他接戏更加挑剔了，每次拿个剧本都要和我研究半天，吻戏不接，更进一步的更加不接。我说："我不在乎的。"

他就说："那你在乎一下嘛！"

他那么撒娇我一点办法都没有，也不知道为什么一个一米八几的大男人做起来这么得心应手，长得好看就是了不起。我好几次想要把他踢出家门赚钱，因为我真的很怕我会忍不住动摇，最后还是随便他去，毕竟这是最后一年。

我心知肚明这种平静无法让我放过他，这份平静出自怜悯。

因为他职业的原因我们没有蜜月，蜜月这个词放在我身上等同于"在逃"。但是他还是给我准备了惊喜，假期骗我说要去欧洲小镇拍戏带我一起去，到那里发现根本没有什么剧要拍。

我看他把行李箱往民宿二楼搬，很不给面子地说："我不喜欢惊喜。"他把行李放在楼道上，跳下来刮我的鼻头："你喜欢的，只是你从来都没有得到过你想要的。"

他讲这种话时格外虔诚，就好像我是一件碎在地上的玻璃，他却感慨说这是一件有意被设计成毁灭的艺术品。

我勾着他的脖子说："你呢，你能给我我想要的吗？"

他吻我的脸："我不知道，我很笨很迟钝，你得告诉我。"然后他又牵着我的手往楼梯上走，"别说了，我们做点蜜月该做的。"

什么叫蜜月该做的呢？其实我不太了解。我十五岁时印象里是包一艘游艇，开无数的礼炮和香槟。实际上我的蜜月，是在某个有着复古电扇、铜绿色墙漆的小酒店里，仰躺在床上，看我的爱人在小厨房里做番茄海鲜烩饭。和我在一起的几年里，他的厨艺从普通变到朋友来聚餐都会交口称赞，我从炸掉一个锅到把砧板和切不动的菜从窗子丢下去。

厨艺方面我们都有光明的未来。

烩饭很香，我要看着他在我面前分，在我之前吃下第一口。我在这时候拍照发在社交平台上："这是蜜月期该做的吗？"

他看到了也要发，被我拦住了："你别发了，你的粉丝又要骂我。"

其实无所谓，别人嫉妒我还挺爽的。但是他果不其然觉得我受到了很大的委屈，越过桌子来抱我。

下午的时候出去闲逛，他蹬单车我就坐在后座。旅游淡季我们在窄小的道上畅通无阻，买冰激凌的时候他淹没在队伍里，我想，他会就这样离开逃走吗。

他回来了，一手拿着香草味，一手拿着巧克力味的，问我要吃哪个。

我说："很难抉择。"

他脸上的汗珠闪闪发光："我就知道，所以两个都是你的。"

后来因为太阳大他去给我买遮阳帽，我等了十五分钟他也没有出来，所以我转身就离开了。再过一会他在民宿的遮阳棚下找到我："你去哪了？"

我说："你又去哪了？"

他从手提袋里拿出一条吊带和短裤："你的衣服都太热了。"

我从背后拿了一把捡的野花："我想带回家装饰一下。"

他抱着我，小声抱怨道："你以后不要一声不吭就走了。"

我说："如果你不先一声不吭离开的话。"

除开那个下午，蜜月还是很愉快的。最后一天他穿着傻气的花衬衫和短裤，我穿着他给我买的吊带衫，坐在草地上看山下的游行。我的脚搭在他的腿上，我躺下去，能够听见他的呼吸。

他的呼吸、泥土的松动、小虫扑棱翅膀的声音，还有远处的呼啸和欢笑都显得一样渺小。

准备走的时候他"哎呀"了一声，膝窝处扎了一根看起来不太好的小草。我帮他拔出来吸掉了，他居然推开我的脸："万一有毒怎么办。"

我心想能毒过我吗，一抬头发现他脸红扑扑的。

"天哪。"我难得笑得很猖狂，墨镜都歪了，"你想什么呢，我不会在这里对你做什么的。"

然后我就跑下山坡，他在后面追我，假装追不上。

最后那些野花枯萎了，没办法带回真正的家，但是他从旅游回来以后给我定期订花的盲盒。拆盒子成了我最大的兴趣，是玫瑰吗？是雏菊吗？这么香应该是芍药吧。

婚礼一周年的时候，我们关系好到如普通夫妇，这显得很无聊，很不像我。所以我主动做了晚饭给他发短信喊他回来吃。他一进门就愣了，因为我穿了一条压箱底的红裙子。

这条红裙子是我们第一次见面的时候，我从旁边一家店穿出来的，因为它太贵了而我又很想要，所以在街边发神经。他帮我买下来了，那时候我们还是陌生人呢。

只不过很快我就发现还有比它更好看，更适合我的裙子，穿的次数寥寥无几，直到今天。

菜是我买的半成品，费尽力气按照指示加工了一下。辣刻意放多了点，我知道他吃不了辣，一定会喝放在旁边的酒。我在酒里做了手脚，足够他死个十几次那种。

一整顿饭他都在夸我厨艺怎么怎么好，我心不在焉……又或者目不转睛地盯着那杯酒，我怕他不拿起来，又怕他拿起来。当他终于因为菜辣得受不了而拿起那杯酒的时候，我腾的一下站起身摁住他的手。

他的表情在微微摇曳的烛火和紫罗兰花里变得模糊又温柔，非常难以形容。他反过来扣住我的手，把我搂在怀里，在我耳边轻声说："没事的。"

我知道他早就知道了。我开始流泪，在他怀里第一次真心实意地哭，眼泪打湿他的衣领。我听见他叹了一口气，不知道是失望还是欣慰。我透过朦胧的泪水看到他把酒一饮而下，然后对我说，你做得很好了，没有让我失望，接下来也不要让我失望。

他的体温一点一点降下去，我没有动，直到腿麻从他膝盖上滚落下去，只是这次没有人扶我了。

我之前很好奇他的眼睛暗淡下去会不会让我比较欢喜，但是如今发现似乎并非如此。

我环视着这间他一手操办的房间，杯子盘子都是塑料的，刀架都在我够不到的地方，

走两步就有医药箱，到处铺着暖和的地毯。实际上在这个新家里我没有发过一次疯，他的这些准备都是白费力气，一如他爱我也是白费力气。

第一抹天光泻下的时候，他的身体开始渐渐消解，顺便带走了我的力气。我突然觉得很疲惫，疲惫得就好像完成一个简单任务很难，好像我不是那么坏的人似的。

当两张卡片取代他的身影时我意识到这一切结束了，我再也遇不到这样的人了。第一张我看到的是任务卡：纵容你的反派爱人。

果然他早就知道我的身份，有一段时间确实对我失望过，但又因为后来我舍身救他的行为动摇了。

我摇摇头，试图把和他的回忆都甩出去。我的手点到第二张金色的卡面，赎罪的念头第一次浮现在我的脑海中，令我非常震惊。

我想，继承他的好人卡，是不是就是他说的：不要让他失望了。

系统问我：是否继承新角色？

我选：是的。

"恭喜，您的新角色是——反派。"

故事结束，一个年轻的幽灵女孩露出羡慕的神情："我也希望我能遇到这样一个无条件对我好的……哎呀！"

小人鱼面无表情地拍了一下她的脑袋："遇到了就快跑。"

"你干什么呀！"她嘟嘟囔囔地跳开。

神鹿斟酌开口道："故事中这位完美先生，也许某种程度上比虚荣小姐更扭曲。"

狐狸懒洋洋地开口："他迷恋于她的残缺，别人杀身成仁，他倒好，杀身以成疯。"

"无论他究竟什么意图。"小人鱼摇摇头，"遇到这样的人，都绝对不是什么幸事。"

那幽灵少女不服气地游到人群里："也许没有那么阴谋论呢？他就是单单爱她，想为她好而已。"

小人鱼不再与其辩论。

接连几道沉甸甸的主食下去，她也有点乏味。

"看来这场故事品鉴要持续很久，我们不如转战到甲板上？"主理人看出了她的无聊，"厨师长还为我们精心准备了炸物。"

……

小人鱼低头看着手中子弹穿馒头的"烤串"，

忽然觉得今天下午决定出海回家，一定是相当错误的选择。

"这个绝对香。"

厨师长还在四处游说。

眼看着对方要走过来，小人鱼认命地一口咬了下去。

烤　物

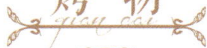

配料

硝烟、汗水、闪闪发光的眼眸

"我不是说过吗？"他笑得很温柔
很腼腆，和多年前那个瘦弱苍白，
但是眼睛明亮的小孩的影子重叠在
一起："我耐性挺好的。"

拉锯

当初从贫民窟的混战中把这个小孩带出来就是个错误。

组织把他交到我手里的时候我还以为上面发现此人其实骨骼清奇，是个千年难遇的天才，八百米开外能一枪打爆敌人的那种。只是大隐隐于市，被贫民窟埋没了。

没测不知道，一测气得我肝火旺。格斗体术不行，爆发力也差，在他第十三次装弹超时后我忍不住喊停："小孩，你擅长什么？"

他抬起一张被汗水闷红的小脸说："我耐性挺好。"

我把毛巾砸过去："巧了，我耐性不好。"

他从白绒绒的毛巾里冒出头来，像一只小狗一样甩了甩茂密的黑发。

我看着他水汪汪的大眼睛，有点于心不忍："去负重绕场跑十圈吧。"

等到他哼哧哼哧跑完跪倒在我旁边时已临近黄昏，我给他指了指公共澡堂的位置让他去冲个澡："我听说你是刚到基地，一会儿带你去吃顿好的，接风洗尘。"

　　要不怎么说小孩是真的不记仇，刚才还累得像条死狗一样瘫在地上，一听这话一个鲤鱼打挺起来，"谢谢前辈"喊得中气十足。我看他百米冲刺的速度忽然有点后悔，还是罚少了。也许这就是"吃货"吧。

　　小男生洗澡速度很快，不到十五分钟已经顶着半湿的头发重新奔回我面前，我闻到他身上淡淡的沐浴露香，在这个四处都是臭汗猛男的基地中仿佛一股清流，我颇为满意："做我搭档的第一条规矩：永远不能臭。"

　　他有点疑惑地点点头："前辈，我们去哪里吃饭？"

　　我嘘了一声："带你去个好地方。"

　　他目光炯炯："是！"

　　十五分钟后我们坐在夜市烧烤摊，我毫无骗小孩的自觉，老神在在地和老板讨价还价，顺便要了两箱啤酒。小孩左看右看："前辈，这就是好地方吗？"

　　我语重心长地拍拍他的头："你是没有吃过组织食堂的饭菜。"

　　很快香喷喷的串就上来了，小孩实在是饿坏了，风卷残云满嘴流油。我推给他一听啤酒："别呛着了。"

　　就在他手摸到啤酒的前一秒我突然想到什么，眼明手快地夺回来："你成年了吗？"

　　他支支吾吾不说全话，眼光忽闪，忽然起身抢我手上的啤酒，被我揪着后颈肉掼到桌上。老板习以为常地继续刷酱。

　　我单手起了瓶盖咕咚咕咚喝了一大口："估计等你能从我手上抢到东西，也差不多成年能喝了。"

我松开他之后小孩还很不服气，结果隔壁摊子卖红薯，他一下子就被吸引了注意力："前辈，我想吃烤红薯。"

我大方地掏出五元大洋："吃，吃大份的。"

然后因为红薯的价格和红薯摊老板又吵了一分钟。

他一边捧着红薯一边和我走在环山公路上，突然开口："前辈应该很有钱才对吧。"

我笑道："是啊，等你开始出任务你也会一样有钱。"

他疑惑："那为什么……"

我往前奔了两步："我不花我不想花的钱，懂了吗？"

小孩低头思考了一会儿，我也不知道要懂什么，反正他抬头的时候又是满眼崇拜："懂了，谢谢前辈，前辈真好！"

我满意点头："既然这样的话，我们比赛谁先跑到山顶基地吧。"

结果当然是我赢，这孩子方才吃得太多，小肚子都吃出来了，根本跑不快。我给他指了宿舍的位置，顺便张口就来："既然你输了，那明天早晨自己负重跑十圈吧。"

其实我就是那么一说，没想到第二天早晨六点半洗漱好来到基地上，就看到他浑身大汗地在喝水，看到我就眼睛亮晶晶地跑过来，满脸写着求夸。等到跟前的时候又想起什么似的往后退了一步："前辈早。"

我因为早起的坏心情一扫而空，这孩子还是挺可爱的……才怪！

他近战演练第九次往我身上撞的时候我差点要骂娘，这孩子头倒是铁得很，撞得我肋骨生疼。

组织一定看我不爽很久了，就因为我天天在意见箱投诉食堂饭菜难吃。

我强压着一口气："你的下盘是真的不稳。"他有点不好意思，眼眶和脸蛋都红了："对不起。"

我叹了口气："低桩训练十五分钟。"

当天上午我给他安排了一堆锻炼下肢力量的训练，小孩儿小脸憋红了都没喊过一声苦。最后一组练完的时候我拿完外卖回来，向他挥了挥手："吃饭。"

看着他缓慢挪动的姿势我很怕他将来记恨我，于是亡羊补牢："你的年龄相比别人稍微大了，要出人头地离开这里，一定要多吃苦多练，知不知道。"

他"嗯嗯"地点头，过了一会儿："前辈这么厉害，为什么还不离开呢？"

我愣了一会儿弹他一个脑蹦："这不是要带你吗，小孩？"

他傻嘿嘿地笑起来。

其实也不尽然，带新人只是一个原因，最主要的原因还是在我自己。组织里的大部分成员，包括我还有这个孩子都是孤儿，走投无路被组织救回去作为特工培养，而在加入组织三年左右，上面就会给我们一个任务，只有完成了这个任务才能脱离组织。

倘若是抽到一些收集情报的任务反而运气好，偶尔组织看中你这块苗子不放手，会出一些相当刁钻的任务。我就是这个倒霉蛋，我的任务十分刁钻，但我也没有办法拒绝。何况我一时半会也没有什么脱离的意愿，也许就帮组织带一辈子新人，到最后混到管理层之类的。

葬还要葬在饭菜这么难吃的地方，真的有点心酸。

小孩不知道我在想什么，风卷残云地吃完之后我给他放了午休，让他接下来随便干点啥。结果我下午准备出门看电影时发现他还在给自己加训，有点心虚地向他挥挥手："这么刻苦啊。"

他说："前辈，我要好好练，才能让你早点离开啊。"

我"喔"了一声，埋头往外走，走到门口实在不好意思，折返回来提着他的耳朵："劳逸结合懂不懂？走啦，请你去看电影。"

他"喔"了一声，又唰的一下从我手里像条蛇一样溜走，风风火火跑进宿舍换了身衣服跑出来。

我："你干吗？"

他说："我借了舍友的香水喷。"

我记得他舍友是个相当尖酸刻薄的新人，于是皱眉："他这么好心？免费给你用？"

他挠了挠头："没有，就是要我帮他带半个月的饭。"

这傻孩子。我敲他的脑壳，心里盘算着如何赶紧把他从双人宿舍换出来。

电影是老片重映，小孩看到最后大叔杀手和反派同归于尽时哭得眼眶发红，我吸溜奶茶吸溜得震天响。

走出电影院他一边揉眼睛一边问："前辈都不掉眼泪的吗？冷酷无情的杀手都是这样的吗？"

我还沉浸在加里·欧德曼的盛世美颜中："好帅啊。"

不知道为什么，小孩垮起了脸。

可能是我没有配合他演出导致小孩生气了，当天吃晚饭的时候闷闷不乐，饭都少吃了半碗。我才没心情管他那些小心思："吃完没？吃完起来加训。"

日子就在跑圈、格斗、罚练、吃饭中过去，一溜烟过了大半年。小孩本事变化大不大我不知道，个子倒是窜了不少，本来一头撞到我肋骨，到现在肩并肩。胃口当然也是稳扎稳打地进步。

等到基础体能和素质提上去之后，我开始发展他的强项。多次测试下来发现他瞄靶确实不错再加上定力好又听话，我考虑把他往狙击手方面培养。看到他第一次摸 M21 时候的兴奋感染了我，我拍拍他的肩："喜欢？"

他重重点头，抱枪像抱着宝贝一样："这样我就是暗夜中的最强猎杀者！"

我哽了一下，差点忘了这小孩刚十六岁，幼稚期还没过去呢。

从确定发展方向开始我对他的要求就愈发严苛，他也一贯听话，指哪儿打哪儿，在围观完隔壁新人哭着闹着要真刀真枪地出任务然后被痛骂后，我深刻体会到当初挑这个小孩是多么正确的选择。我说："看见没，丢不丢人？咱们可不能这样啊。"

他点点头："哦。"

我伸出一只手，他把手搭上来，我揉揉他的头发："真乖。"

来餐厅体验生活微服私访的上司表情复杂："你在驯狗吗？"

小孩："汪？"

上司嘴角抽抽地离开座位。

我："我就说这饭难吃得你也吃不下去吧。"

上司崴了一下脚。

等到他走远之后我和小孩也果断起身，训练有素地冲进我的小独栋开始开火锅。我："领导回去肯定加餐，我们不能掉队啊。"

他筷子啪嗒啪嗒从我手里夺走了一个蟹粉包："嘿嘿。"

我愣了一下，这还没到十八岁呢，进步很大啊。小孩看了我一眼，又乖乖把蟹粉包放回我碗里："对不起。"

我倒是没生气，虽然后续从他手里抢了十七八个丸子，但我真没生气。

结果当天晚上小孩被通报批评，当着一大队人的面做俯卧撑。当着人面我不好太发难，等他结束后把他拉过来问："怎么回事？"

他张了张嘴，在我的弹脑嘣威胁下终于招供："我舍友闻到我身上的火锅味儿，把我举报了，说我吃独食。"

我差点忘了他那个刁蛮舍友，明明好久前就说好要给他换房子，结果扭头就忘了。他看我脸色不好，小心翼翼地开口："对不起，给你丢脸了。"

我摇摇头没说什么，当天晚上就直接向顶头上司申请给他换宿舍。我撒泼打滚很有一套，在组织一向远近闻名，上司直接把活推给管理员，后者擦着汗向我解释："这个……也不是不行，就是暂时没有单间宿舍了，您看要不再……"

我看办公桌果盘里的苹果娇艳欲滴，掏出随身小刀就开始削，闻言问："那你说怎么办吧。"

他瑟瑟发抖，忽然一激灵："姐，你看你那套小别墅主楼对面不是一直闲置吗，要不……"

我思忖了一会儿觉得也行，这样一起吃早饭还方便点，于是用刀插了一块儿苹果奖励他："谢谢啊。"

他两腿打战满脸拒绝："不谢不谢。"

事情办完我拔腿就走，主要是担心这人吓傻了碰瓷。

去宿舍喊他收拾行李出来的路上正好碰见准备离开的上司，他目光深沉："你对这个新人还挺上心。"

我被他看得不舒服，道："是啊，难得一个好苗子，怎么能不好好培养。"

他似笑非笑地点点头。

打开门看见撅着屁股满地找鞋的小孩，我突然觉得真是不能夸下海口。

我一脚端在他的屁股上："起来，收拾东西，搬家了。"

他从床底钻出来，眼睛红红的："我要被赶走了吗？前辈，我保证以后不……"

我提着他的耳朵："想什么呢，搬去和我住。"

他立刻满血复活，准备走的时候还故意"咣咣"地敲浴室门："我走啦。"估计把他洗澡唱歌的舍友吓得不轻。

我看着他雄起起气昂昂的样子忍不住笑，这样才有点我搭档的样子。可能在他看来能和我住得脸贴脸是一种鼓励，此后愈发用功，每天训练时间比隔壁新人两组加起来还长，干活和吃饭一样努力。某天我吃完十分钟他还在哼哧扒饭的时候忽然停了，有点不好意思："前辈，我这样是不是不太好？"

我笑起来，大手一挥又给他加了个爱吃的菜："吃饭我还是养得起的。"

他喜笑颜开。

这孩子一直干劲十足，除了训练还和我一起出过几次简单的任务，都是不见血那种，但是格外认真，一点不当儿戏，报告也写得漂亮，被表彰多次，搞得我脸上十分有光。同行露出羡慕的神情："你确实挑了一颗好苗子。"

但我知道不是，这个孩子实在没有什么天赋，他的一切成长和成就都是靠每天的汗水硬堆出来的。他上台领奖的时候我才发现当初那个小孩子已经这么高了，眼睛依然亮亮的，一直向着我。我忍不住笑起来，看着他控制不住一蹦一跳地下了台。

今天正好是他加入组织的三周年，我在琢磨给他搞个派对什么的，正好他被上司叫走谈话，我开足十万马力在山下小卖部买了点气球和彩条。

而后我在他房里埋伏着，在他推开门的时候，"啪"的一下拉响："纪念日快乐！小孩！"

他的脊背绷紧又松下来，条件反射的防御姿势也被收回去。

小孩有点兴致缺缺的："谢谢前辈。"

我一看不对劲啊，他这会儿不应该像往常那样嗨上一天吗？我戳戳他的脑门："怎么回事啊？挨批了？"

他顿了顿："我拿到那个任务了。"

我也一愣，半晌才反应过来："很难？"

他点点头。

我笑着揉了揉他的脑袋，这个动作太久没做了，现在胳膊得抬很高："没事的，你可以告诉我，大不了我帮你完成。"

组织内部没有明文规定不允许互换任务，私下也会出现互相做任务的情况，毕竟对你来说重要的人，对别人来说可不一定下不了手。

他慢慢地把手盖住我的手，但是摇了摇头。小孩头发丝软软的，蹭在我手心手感很好，我看他愁眉苦脸的突然来气，于是一通乱揉，只把他揉得嗷嗷乱叫，有点恼怒地躲到角落里抱头蹲下。

我看他还是生气起来比较鲜活："走啦，今天不干活，带你去游戏城，你们这个年纪的男孩都喜欢这个吧？"

他没说是，也没说不是，只是很乖地跟在我后边走。

我前阵子新买了一辆摩托，酷炫得不得了，今天终于可以和人一起体会一下速度八十迈心情超级嗨的感受，我扔给他一个头盔："可别吐我头盔里啊。"

他紧了紧手臂圈住我的腰，声音闷闷的："我才不会。"

来到游戏城最吸引我们的当然是打枪，我立刻买了游戏币，把游戏枪塞进他手里："来，验验货，三年别白学啊。"

他一脸"你小瞧我"的表情，被我拿胳膊肘怼了一下："这里的枪准头都是调过的，可没你想的那么容易。"

果不其然，十发子弹只有两发打到了玩偶，还没打落。我在旁边哈哈大笑，拿到工钱不久的小孩憋红一张脸跑去和老板又换了二十个币。我看着他好像和这个项目杠上了，于是跑到旁边看看别的摊位。

五分钟后我在冰激凌摊前结账，一阵轻快的脚步声传来，我扭头，就看到这个一米八几的大男孩胳膊抱着大大小小八九个玩偶，一脸骄傲的表情。

我："行啊你，一会儿摩托车上自己拿。"

最终他还是在我的怂恿下把玩偶送给了旁边好奇观望的小朋友。我不太喜欢小孩，但是对于这种笑容甜甜的、浑身奶香的乖小孩还是忍不住露出笑容，一转头就看到他满脸痴呆地盯着我，心想这孩子怎么傻了吧唧的，忍不住戳了一下他的脑袋："走啦，我还打算去娃娃机那里看看。"

可惜最后娃娃机没玩成，就在我差一步要成功的时候一个紧急电话打过来，我手一抖摇杆直接飞了出去。电话打开是发布最紧急任务的机械音，我认真听了一会儿，扭头对小孩儿说："走，有活了。"

支着脸蛋看我玩娃娃机的小孩满脸不乐意："不是说休假吗"

我有点好笑地跨上摩托："你这个孩子怎么那么乖，一点不追求刺激。"

他戴上头盔："和平不好吗？"

虽然嘴上在插科打诨，但是其实我有点紧张。这毕竟是小孩入行以来第一个这种级别的紧急任务，我实在不希望出什么差池。回基地拿东西的时候我手有点抖，他无声息地靠过来握住我的手腕："前辈，别激动。"

怎么搞得像我是新人一样。任务地点是一个小酒馆，某个前科研团队人员窃取了一系列病毒机密到黑市贩卖，委托方要求我们假扮买家带回机密档案，必要时可以见机行事。我本人是不支持公开场合搞破坏的，能避则避，优先考虑购买。

交易前期是网上交流的，互相都不清楚相貌。我们赶在买手抵达酒馆之前先在小巷里把他伏击了。我在他的电脑里找到了他们约定的服装，顺便换了这人的衣服。我理理褶皱准备进酒馆，小孩神色不佳，条件反射握住我的手。我拍拍他："我相信你，你也相信我。"

进酒馆时我发现了一个好消息一个坏消息。好消息是这个家伙可能因为紧张自己坐在了窗边的位置，我本来还担心酒馆不方便狙击。第二个是酒馆被清场了，估计是这个家伙安排的，除了我和他，唯一的活物就是安静如鸡的调酒师。而这种地方的调酒师，基本不会主动开口说话。

这男人倒是比我想象得亲切，虽然紧张到冒汗但是礼节到位。我本打算免了和他寒暄的步骤直接切入正题，可是他却不愿意，又是说天气，又是夸我漂亮的。一会儿又拉着我喝酒，我倒是不知道他要耍什么花招，反正之前已经服下了万能解药，于是就陪着他演这出戏。但我是真的，一点都没有想到，一个前科研人员可以话多到这个地步。

前前后后迂回了一小时都没有切入正题，唠得我眼皮直打架。中间谈定交易验货钱数又花了两个小时，我想他这段时间一定东奔西逃，过得相当憋屈，没有人和他说话才是。等到谈定价格已经过了三个小时，而后又寒暄了三十分钟。我被他说得心烦意乱，心浮气躁只想走人，估计对面楼的小孩都够干十碗饭了。

想着早点收工回家说不定还能陪小孩练练手，我拿起放着机密文件的皮箱转身就走。就在我刚踏上地板的一刻就感觉不对，回过身的时候正好看见他向我扑来，我才意识到他整个人一直处于亢奋紧绷状态，这三个小时的纠缠都是为了等我松懈的这一刻。

又要钱又不舍得文件，你想得倒是挺美。他第一刀向我刺过来的时候我没躲，顺势拽住他的手腕化掉力道，回身给了他一脚。他估计也没想到买家是个训练有素的特工，脸上错愕的表情特别有意思。我这一脚算得很好，正好把他整个上半身暴露在窗口。

"三，二，一。"

我倒数着。

人倒下了。

我满意地把装钱的提箱拿过来，扔了一打给酒保。对方上道地点点头，面不改色地擦拭酒杯。

三分钟后小孩出现在酒馆门口，我掐了表："还可以快点，脚程不行啊，小孩。"

他一言不发地走过来把我看了一遍，然后松了一口气："早知道五分钟的时候我就把他干掉了。"

我哈哈大笑："你不是耐性好吗？"

他摇头，声音闷闷的："不想对他耐性好。"

我表示理解，这老头是真的烦人。

回到基地后上面颇为满意，看来又要钱又要货的不止老头一个。对此我不是很赞同，我始终觉得能用钱摆平的事情，就不要打打杀杀的了。

小孩也凭这个案子拿到了第一笔分量重的赏金，也就意味着此后他接的任务都会是这个量级，我表情有点凝重，他表情也很凝重："前辈，我饿了。"

我们又回到最初的起点，只是烧烤从二十碟加到四十碟，小孩再次吃得满嘴流油，把隔壁几个因为他帅气外表而有点意思的女孩都劝退了。我刚刚起开酒盖子，他就突然猛虎夺食，张口咬住了酒瓶，就着我的手"咕咚咕咚"地喝。我想起当年的约定："你长大了。"

我顿了顿，收敛笑容："接下的路会更加难走。"

"有前辈在，我就不怕。"他笑嘻嘻地松嘴，"我不怕吃苦。"

我想也是。

隔壁的小女孩在拿手机悄悄照他，我突然开口："你没有想过过别的生活吗？你这么聪明，读个大学什么的……"

他突然委屈起来："前辈要赶我走吗？"

我气得弹了他脑瓜："想啥呢。"

他嘿嘿地笑起来："走啦，前辈，比赛谁先跑到山顶吧。"

然后唰地一溜烟消失了。我大意了，没有反应过来，小孩学坏了啊。我正准备结账追上去，忽然想到什么事，又折返回摊子。十分钟后我到山顶的基地门口，他正百无聊赖地踢石子玩。

我突然想到，也许该去换个别的生活方式的不是他，而是我了。但是看到他亮晶晶的眼睛，我又一时半会不打算说。

抵达宿舍门口的时候发现上司也在，面子还是要给的，我毕恭毕敬地喊了一声 Boss，倒是小孩有点叛逆，跟在我后面不情不愿地说了一声。上司也不在意，先非常客气地夸了一下我和小孩近期的成绩可圈可点，而后话锋一转，我就知道准没好事。

果不其然，有一个长期任务要跟。任务地点是隔壁的小城，一个三十人的组合，组织希望我们能在三年里一举抓获，而且必须要把握好节奏，隐瞒身份，不能让他们离开小城。

我想了想我们两个人冲进去说"你们三十个人已经被我们包围了"的场景，稍微有点无语。我本人在这个城待了二十多年，实在不是很想挪窝，更何况换到组织权力不是那么渗透的地方又会少很多便利，假身份、住址，都是问题。

我本来想和上司再迂回一下，没想到他直接笑眯眯地说："房子都置办好了，你们的武器库和行李也全部搬好了，假身份也安非好了。"

我纳闷："我去当他妈吗？"

上司眨眨眼："当然是情侣，姐弟恋很火的。"

我："我比他大了八岁，这也太老牛吃嫩草了。"

刚才还蔫了吧唧的小孩回了一点活力，很酷地和上司说了一声："知道了。"

嘿，这胳膊肘怎么还向外拐呢，气得我当天晚上就给他加练。

第二天早晨我们坐上去临镇的火车，别说还有点新鲜，我盯着窗外的风景一个劲看，一扭头就看到小孩在看我。

我："好看吗？"

他："好看。"

我哈哈大笑："好看个啥啊，法令纹都成马里亚纳海沟了。"

他凑近过来一脸好奇："什么法令纹？哪里有法令纹？"

我看着他光洁的皮肤靠近特别讨厌，一巴掌推开："去去去，你这满脸胶原蛋白，看了烦。"

临港小镇风景宜人，我俩房子都没看先去吃了一顿海鲜，晚上吹着海风慢悠悠地往家走。

小孩突然开口说："前辈，你想不想逃走？"

我说："啊？"

他很认真地说："这里组织渗透弱，如果我们逃脱……"

我拍拍他脑袋："别想了。我们老板干啥啥不行，逮人第一名，带我的前辈当年逃到外国都被他逮回来了。要想脱离组织只有两条路，要么完成任务，要么等组织自己溃散了。"

他低头不说话。

我："怎么？不想跟我干了？"

他："我只是突发奇想。"

我最看不得他愁眉苦脸："走吧，看看新房！"

房子比我们原来的小对楼大，只有一栋，但是设备很齐，我干的第一件事就是在每个房间都安了反监听监控装置，并且指示他在边边角角都塞了武器。

任务是个拉锯战，单次难度系数倒不大，甚至不用小孩出手。我总是宁可自己手上多沾点血，他毕竟还年轻，此后要脱身也可以少做点噩梦。他也懂事，从来没有抱怨过"我蹲了这么久人头都被你抢走"什么的，他一贯很让我省心。

先前任务一直很顺利，每次也都布置得很巧合，我稍微有点飘飘然导致进程加快弄出了大动静，使得敌方组织有所察觉。因为前一次任务我受了点伤，小孩自告奋勇独自出任务，守在一个分据点打算击杀两人，没想到他足足等了八个小时也没等到人。

我一觉睡醒看到线人半小时前发的消息，组织剩下的七个人从小镇四方赶到码头，怕是要乘船逃走。我立刻给小孩发了信息，先独自前往码头。

我到的时候第一批的两人已经赶到了，被我搞定后直接沉进了海。可能是这个组织内部成员互相都有报告坐标和时间的习惯，第二队抵达时没有看见第一队，一下子谨慎下来。

这场苦战是硬碰硬的，我之前的脚伤没好透，最终只破坏了一个人的行动能力，这个人死到临头还不忘给我小腹一刀。

最后四个人一齐乘船准备逃离的时候，我看到小孩的狙击枪架在了集装箱上，忍不住松了一口气。

他直接炸掉了船的引擎，然后就跳下来检查我的伤势。我想说你一点都不专业，搞这么大动静，我想说首先你应该去检查一下敌人死透没有。

最终我只是说"别哭"。

等我从休克状态醒来已经是一周之后，要不怎么说不服老不行呢，我现在凝血能力大不如前，连敏锐度和体能都不同往日。任务还是圆满完成，我和小孩都拿了不少的奖赏，Boss还专门来病房看望我，顺便和我透露了一下，觉得应该让小孩独当一面了。说起来，他已经不是小孩了。

"二十四？二十三？"上司感慨，"真是年轻有为，年轻有为。"

我冷淡地说："他是靠每天苦练练出来的。"

话虽如此，我也赞同上司的决定，先不说小孩没有要出组织的意愿，追求个人发展也应该自己带人，就我现在的状况不拖累他都难。我说："我知道了，我来和他说。"

Boss 打开门发现小孩就站在门后，他坐下来给我削苹果，噼里啪啦说了一堆。比如什么一辈子没见过这么多钱，比如他又换了新的枪之类的。

我突然打住他的话题："我打算退居二线了。"

他顿了顿，继续说："我和老板约好了，下一次我们一起去烧烤摊可以打八折。"

我揉揉他的头："你听见了吗？"

他一下子站起来："你说好不会不要我的！"

我无奈道："我不是不要你，只是我现在的身体状况……"

他眼眶发红："你可以不出任务，你可以在家里躺着，那些任务都可以我来做，你只是……"他的声音越来越低，"你只是不要走行不行？"

我把脸别开，拿出当年看电影的铁石心肠："我已经和 Boss 说好了，下周就会带新人来给你挑。单人寝室也空出来了，你过会儿就可以去……"

我话还没有说完，他就转身离开了，我才发现他腿那么长，走起来像一阵风。

我唉了一声，手心里抓着两张汗湿的电影票。我本来想着一会儿偷溜出医院，和他再看一次电影，再吃一顿饭，再比一次赛跑……

从那天之后我就转去了人事部工作，组织给我这种早年骨干的待遇很好，活特别轻松，基本一年到头没什么事，我每天闲着就是在基地和山下山上乱晃，也不知道小孩什么本事，愣是没让我撞见过几次。

那天和同事嗑瓜子聊天的时候谈到他，我不禁感慨："希望他挑人眼光好一点，不要像我当初一样挑一个根基那么差的。"

"你不知道吗？"同事奇怪地看了我一眼，"他没带人啊。"

我从椅子上蹦起来，差点撞到伤腿，"哎哟"了一声。我说："怎么会？不是一定要带人的吗？"

同事把我扶回来："对啊，Boss要他带人，他非不干。最后用任务抵，他的任务量是一般高级特工的两倍。"

我两眼一翻差点没厥过去："这这么行，这孩子不能仗着年轻就透支自己。"

我站起来："不行，我要和老头子说说去。"

同事表情有点复杂地看着我，最终还是开口："其实吧，他这两年的几十次任务从来没有失手，业绩太好了，可以说节节高升，在组织内部的分量和话语权，早就比你……嗯，当时还要重了。他要是自己想说，早就……"

我倒是不觉得难过，反而有点孩子争气的骄傲："那我更要说说了。我们组织的掌中宝自己轴，老头子总不至于拎不清。"

上司最近有很多会要开，于是驻扎在我们基地，倒是省得我断腿骑车。我一瘸一拐地往办公室走的时候没注意到脚边一块石头被绊了一下，正思考用什么姿势落地比较帅气的时候———一只手把我扶住了。

"前辈。"

我有点不可置信地转头看着旁边这张脸："是你吗？"

他没说话。

我沉默了一下怒从心头起，也不管脚了上手就拽他耳朵弹脑蹦："好啊你，做人不可以忘本知不知道，两年了也不回来看我一眼，我都以为你死外边了呢。"

两年没见这孩子话又少了，被我拽了半天也不喊疼也不反应，我气得差点要踹他，就看到上司和几个高干站在门前："咳咳。"

我："Boss 好。"

小孩一语不发，我忍不住踢了他一脚："礼貌。"

几个高干都有点尴尬地看着我，结果小孩毕恭毕敬地说了句："您好，各位好。"

我说："乖。"

然后才反应过来我现在已经不是他的搭档了。

我有点不好意思地转头，却发现这破孩子在抿嘴憋笑，气杀我也。

"我们还有会要开。"上司对我说，"要不等开完会你们再叙旧？"

那我必然是溜之大吉。我在办公室坐了一个小时，打算还是一下班就走。且不说这种会都又臭又长一开三个小时，小孩如今和我没有什么瓜葛，会不会找我都不一定。

没想到就在我准备跑路前他站在我办公室门口，我问："会议这么快就结束了？"

他撇嘴："翘了。"

我："行啊你，越来越横。"

他傻嘿嘿地笑："反正他们都得靠我。"

我站起来往外走，他就乖巧地跟在我身后。

我说："怎么两年都不来看我。"

他小声说："我怕你生我气。"

我："我现在不还是在生气。"

他像最开始做错事一样解释道："我最后一次走的时候太没礼貌了，前辈肯定不愿意见到我。我想等我变得厉害一点儿再见你，让你脸上有光。"

"而且……"

"什么？"

"我之前几次回来的时候都被血浇透了。"他声音很低，"臭烘烘的，前辈不喜欢臭的。"

那只是多年前我的随口一说，他怎么记到现在。

我本来心软，又气不打一处来："你再这样瞎接任务，下次死在外边算了。"

他知道我心里没气就乘胜追击："你又不舍得。"

确实，我好不容易养好的苗子，怎么舍得给人掰了。我俩一路走就一路唠，这次是他问我："前辈有什么打算？"

我挠挠头："混到退休。"

他眼光闪闪："前辈没有想过离开组织了？"

我笑："我现在这个样子，一个人出去不方便，也没什么好看的。"

这倒不是假话，我确实还有很多风景想看，只是人死过一次看问题的角度都会变，如今我已经没什么执着追求了。硬要说，就是希望他可以好好的，无论是继续走这条路，还是迟早摆脱这里，成家立业。

"你呢？你有什么打算？"

他没有说话，我估计也问不出来。小孩长大了，嘴巴严了，表情都看不出所以然了。

最终我只是揉揉他的脑袋："无论你怎么打算，我都支持你的。"

那次见面之后他每周都会回来和我报个平安，我也乐得享受其他人那种"这就是传说级人物的前辈吗"的眼神。

直到某天基地被袭击，虽然很快就被压下去了，我更是啥也不知道在后排嗑瓜子。上司还是说要把我调回我家乡的分部，我问他原因他也只是闪烁其词。我猜是小孩向他施压了。

在我家乡那边我见过我的养父母，可惜的是他们已经完全不认得我了，我也懒得认亲，以他俩的性格反过来问我要大笔钱也是极有可能的。

　　除此之外我的生活平静得像养老，活几乎没有，就一个月签一次到，日常我都在静养，看看书，打扫打扫卫生。最近还迷恋上了网购，以及各式各样高难度雕花的水果拼盘。

　　就在我"颐养天年"的时候，大事悄然发生。

　　直到某天我接到邮件才知道，包括我们顶头上司在内的十二个高干及亲信，一年内全部失踪，组织群龙无首，坚持两个月后彻底解散。

　　我惊呆了，像是剧情直接漏看两百集："这么大的事儿我怎么才知道啊？不应该死第一个的时候我就有消息吗？"

　　好家伙，一通电话我直接成自由人了。

　　对面传讯人支支吾吾，说什么还不是那位不让讲，他有什么办法。我听得火气爆棚差点骂人，那边电话好像换了人，我听见低沉又熟悉的声音喊我："前辈。"

　　我没有说话，一时间只听到彼此的呼吸声。

　　然后，我就把电话挂了。这事儿太突然了，我选择睡一觉消化消化。

　　一觉醒来听到门铃声："快递，麻烦签收一下。"

　　我蒙蒙胧胧跑去开门，发现快递员低着头，手上空空如也。

　　我："我快递呢？"

　　他把帽子扔掉，一下子抱住了我："在这里呢。"

　　他现在个子特别高，在我看来像只黑熊一样，几乎要把我抱腾空了。力气还贼大，我都能听见我骨头嘎吱嘎吱抗议，但是我什么都没说，静静地等他抱完。

不知道抱了多久，我说："我饿了。"

他轻轻地笑起来："那我做饭好吗？"

吃饭的时候我看到昨天的果盘，终于想起来没吃完的瓜："快说说，你怎么回事。"

他一边煎蛋一边回答："前辈给我的灵感，要么完成任务，要么组织溃散。"

我笑起来："好嘛，我完成不了任务，你就让组织溃散了。"

他把煎蛋和火腿片装盘摆在桌上，刚准备和我坐下来吃饭，就看到我摆在桌上的相片。是十八岁的他，满嘴油光。灿若晨星，意气风发。当年我在烧烤摊管隔壁偷拍他的小女孩要的，觉得很可爱就打印出来，作为行李中的一件。他定定地看了一会儿转过头，一言不发地看着我。

"你如今那么强。"我一点都不尴尬，继续刨根问底。横竖这小孩最后什么都会告诉我，"也完成不了你的任务吗？"

"做不到。"他摇摇头。

我笑起来，心下了然："哦，这个人是谁啊，那么特别。"

"一个我少年时期就决定要相伴终生的人。"他从我嘴里把煎蛋抢走了，"我十五岁的时候，她就像横空出世一样架着枪闯进我住的小巷子，在混战中把我抱在胸口救了出来。"

"十二年。"我算着时间，'你真行。"

"我不是说过吗？"他笑得很温柔很腼腆，和多年前那个瘦弱苍白，但是眼睛明亮的小孩的影子重叠在一起。

"我耐性挺好的。"

"这道菜确实香。"

小人鱼赞许道，旁边的幽灵们也纷纷认同。

厨师长眼中散发着诡异的光，他以迅雷不及掩耳，防止人后悔的神速把另一串烤串塞进了小人鱼手中："再试试这个，保证永生难忘。"

小人鱼看着手中串着的闪闪发亮的羽毛，咽了咽口水。

看起来该是个很好的故事才对。

烤 物

kǎo wù

配料

沾血羽毛、手术刀、车票

我的天使注定在白日飞一次，哪怕
这个巨大的太阳是假的，哪怕只飞
一秒钟。

飞

我小时候见过天使。

我遇到的天使头发黑压压，红眼睛瞪得特别适合和黑猫警长一起查案。如果不是因为背后那对有力的、漂亮的大翅膀，我肯定不信她是个天使。

那段时间我因为专业选择的事每天睡觉前掉头发，遇到流星都许愿有人提点我一下。

然后天使就真的来了，"呼哧"一下出现在我房里。给我看了看手相说："你这双手天生就是要用来救人的。"

我不知道为什么天使会看手相，是不是以前在东方跑过业务。那时候我也没多想，颠颠儿地就听了。不过事实证明我确实很适合做医生，后来我们市较知名的阔少夜半飙车撞了个人仰马翻，大家都惋惜地摇头说没救了算了吧，硬生生被我拉了回来。

电视台采访我为什么会做医生时，我说："得了天启。"

阔少可能觉得我这个娘们好特别，好不一样，又或者因为南丁格尔效应，开始对我展开了一通追求。风流浪子变成了深情种。自我感动得眼泪鼻涕直流，就好像我们不知道他背后还和多少个美女剪不断理还乱似的。

阔少他爹对我是感谢得不得了，差一点就让我成为感动全城十大人物，但是因为天空之城的发现，计划被搁置了。

恺撒大帝说"我见，我来，我征服"。人们看到天空之城，人们来到天空之城，然后踏平了天空之城。因为不能忍受凌驾于自己之上的物种，所以高层一面下令割掉他们的羽翼，一面开始研究模仿机械翅膀。

天使生来是为人类赐福而非伤害，所以这些强大而柔软的生物并不反抗，只是承受这一切。一半不屈从的天使从天空之城一跃而下，另一半将在割去翅膀后被赋予公民身份。

而我因为爱岗敬业、医术高明，喜提割翅膀这项荣耀的使命，也不知道该哭还是笑。复查第一轮术后天使的时候，我在队伍中见到了我的天使。

看到她还活着，我既有点开心又有点失落，好像她给我的印象就是要一跃而下那一批次里的。

复查室里她脱下宽大的病号服。我问："之前手术期怎么没有看见你？"

她把黑藻般的头发拨到一边："我自己拔了。"

我倒吸了一口冷气，她还反过来拍拍我："没事，就和你撕鸡翅一样啦。"

你还挺能。

我让她躺到病床上去，两道对称的伤口触目惊心。我发觉在模糊的血肉中又冒出一点点肉芽，于是忍不住开口："你没有处理干净，这样下去它还会继续……"

她阴沉沉的眼睛望了我一眼，我一下子止住话，像没事人一样给她包扎好了绷带："回去注意一下有没有发炎，没事就不用来了，还有什么问题吗？"

天使坐起来朝我眨眨眼睛："有。"

"什么？"

"医生几点下班呀？"她笑起来不安好心，像只狐狸，"我可以请你吃饭吗？"

我也笑起来："排队吧。"

下班之后我特地绕了小路避开纠缠不清的阔少，在我家门口遇到了踢石子玩的天使。我说："你怎么不像之前一样一下子出现在我房里了？"

她跟在我身后走进公寓："翅膀是我们主要的能量来源。"

我觉得自己先前的玩笑很不对劲，她就又先开口："你果然还记得我。"

如果不是因为她曾经为我而来过，我还真不一定帮她打掩护，要知道窝藏天使或者隐瞒实情都是叛国，要掉脑袋的。我和她席地而坐："你打算怎么办？"

我们都知道翅膀不清除干净，还会继续长的。她倒是非常坦然："长到衣服盖不住的程度，我就把它再撕掉。"

我听她轻描淡写，绝口不提背后的痛苦，突然有点没来由地愤怒："你何必要这样折磨自己，你明知道你的故乡已经被毁掉，不可能再重建如初了。"

天使声音轻轻的："盲人都会做梦，我总需要一点指望。"

哪怕是虚假的。

我们没有再开口，直到我设置的饭点闹钟响起来，我才如梦初醒："你不用自己拔翅膀了，我来为你操作，有麻药总是好一点。"

她双手往后一撑代替点地的翅膀："那就是以后我可以住在你这里了？"

我没有说话，算是默认了。我任劳任怨地给她弄了晚饭又带她认了房间，出于某种补偿心理，我不能让她自生自灭，更何况错一步和错十步都是错。

得到我认证的天使可以获得公民证，但仍然在机关单位留有记录，遇到巡查队会被要求检查背部。近日捕捉漏网天使捕得很严。我和天使说没事还是少往外头瞎跑。她顶着我给她扎的马尾辫，答应得很痛快，但是我回家的时候总能看见她蹲在我房间的小飘窗上往外看。

我把大衣挂好，还是没忍住说："你如果不介意可以住我房间。"

我房间的飘窗是唯一一处望出去没有居民楼遮挡，还能看见花园的地方。于是当天夜里她就屁颠颠地抱着枕头被子往我房门口一站，我很庆幸当初床买得不小。

可能是因为天使加成的原因我一夜无梦睡得特别香，终于不再一闭眼就是满手血淋淋的还在扑腾的翅膀，和那些美丽的天堂造物的痛呼和泪水。但是一到白天，我还是要回归到屠宰场中。

下班被阔少堵了个正着，迫于无奈和他一起吃晚餐。在城市最奢华、最高的旋转餐厅吃点心的时候我只有两个想法，第一个是这个人真够能嘚瑟的；第二个是不知道家里那只笨蛋天使能不能找得到我煲的猪肚鸡汤。为了彰显自己的权力和内幕消息，阔少侃侃而谈近期他父亲和一些高层手头的项目，我本来兴致缺缺，一直到他说手头有城市所有摄像头安放位置的图纸时我才清醒过来。

我尽可能表达了好奇，他很有数地表示回家给我传个文档。我登时觉得这顿饭一点都不亏了。

阔少在这方面言出必行，我回家后就拿到了文档和详细的摄像头图纸。我打印出来以后递给了追着光秃秃的小翅膀玩的天使："你以后出门，尽量避开摄像头就没什么事了。"

看把孩子乐的，差点扑棱着鸡翅膀起飞了。

有些人吧天生关不住，第二天我刚被阔少和他的酒肉朋友缠住，天使就探头探脑地从小巷子出来："姐姐，不是说好了要去看望大姑的二舅的邻居的儿子的弟弟吗？"

不知道阔少听没听懂，反正我连连点头称是。然后趁着阔少琢磨怎么把豪车开进小巷子而不被蹭花的时候和她一起溜了。

一路小跑回家天使还在笑，我也忍不住呼哧呼哧地笑起来："在家里憋坏了吧？"

她说："可不是吗。"

我跑得太急，眼睛里被风刮出一点点泪水。她曲起指关节帮我刮走了，温柔得好像我是件什么珍品。

吃完饭以后我还有些文件工作，她就把电视机音量调到最低开始看新闻。我因为听见阔少熟悉又聒噪的嗓音所以抬起头来，电视里放映的地点正好是我们医院门口，一个镜头被循环播放着。

旁边写字楼天台有一道白影破空而来，是一个漏网的天使。他穿着脏兮兮的麻布衣，头发和脸都被灰蒙住了，看起来像是和桥洞的流浪汉们混在一起半年之久。可是他的眼睛在脚尖离开地面的一刻变得明亮湿润，比他的眼泪更先落地的，是他的身体。

抓捕队来得很快，直接射穿他的翅膀，天使直挺挺地坠落下来砸在阔少豪车的车盖上。

我家黑头发的天使笑道："看来他的车今天免不了一难呢。"

可是她的眼睛明明是苦的。

有关人员认为这个流浪汉天使的行为具有煽动性，可能会引起其他天使效仿，因此不仅要全程循环播放他被击落的视频作为惩戒，明天的处刑也将破格全城直播。正当这个时候阔少给我发来微信，他说他要到了很好的观刑位置，近得连天使的每一根羽毛都能看清。

我拒绝了他的邀请，我坐到我的天使旁边，小心观察她的表情："他为什么这么做呢？是真的如电视所说想要天使革命吗？"

她摇摇头："也许只是他想飞了。"

天使的红眼睛一动不动地盯着屏幕里，那个流浪汉起飞又被击落的场景。只有二十秒钟，她恨不得要刻进眼睛底部。我心一紧拿来遥控器换台，隔壁台在播放一个滑稽烂俗的浪漫喜剧电影。我本意是想转换一下她的心情，没想到的是自己先因为疲惫而睡着了。

等我再醒来的时候已经被抱到床上，正是半夜。我本来想坐起来喝口水却听到压抑的痛吟，天使背对着我，漂亮的黑发被汗湿，肩胛骨拼命控制仍然颤抖摇晃。越是被一次又一次割除的翅膀越是试图往外生长，尤其是夜深人静的晚上。我突然想到曾经那些夜晚，她整夜翻滚，在双臂上留下抓痕时，我也因为天使的温柔余温而睡得尤其香甜吗？

我抿了抿嘴，又一次想劝她彻底挖掉翅膀来逃离这份痛苦。可如果她是倚仗这点痛苦的希望而活呢？我最终选择了沉默。

隔天吃早饭时我检查了日程表，然后问她："你过几天想不想出去逛逛？"

她把脸转过来，耳朵动了动。

我忍不住笑起来："我发现了一个管控很松的青少年游乐场。"

　　天使夸张地推了一把自己的脸蛋："我这么年轻应该能混进去的哦。"

　　从外科医生变成割翅膀屠夫的唯一好处是我的工作时间变得固定，不再像原先一样三班倒，有了较多的闲余时间。我决定将这些空闲分给我的天使，既然本就是从她们这一族身上得来的。

　　游乐场的设施都很廉价，唯一一个有点技术含量的过山车足足排了两个小时，太阳晒得我头很晕。天使站在我身后，说如果能把翅膀拿出来就能给我遮阳了。我一下子想起来她的翅膀已经长到需要割除的程度，身子一下子立直了，她也想到这一层，难免失落起来。

　　过山车到最高点前我们谁都没有说话，在享受失重前我用力喊出对不起。她完全不害怕俯冲，回我回得很完整："你什么也没有做。"

　　正是因为什么也没有做，才要说对不起。

　　我们在游乐园旁边的夜市吃了一顿烧烤作为晚饭，旁边聚集了很多鸟雀，捡着我们吃剩的食物，一个个肥得像小球。我把脚伸过去就歪着圆圆的脑袋看我，一点都不怕人。天使把手伸过去："啾啾。"

　　麻雀站上了她的手指，天使笑得很乐呵："你想不想揉一把？"

　　然后天使被啄了一下，有点无奈地噘嘴："它说一粒米一次。"

　　我笑道："那我还是揉你吧。"

　　她于是抖了抖肩胛骨，我知道她的小翅膀藏在夸张的服装底下。她总是傻乎乎的，年龄可能是我的好几倍，却还像一个小孩子似的。要知道她每天早晨还要我给她梳各式各样的辫子呢。我总觉得我养了个女儿。

　　我们在蚊虫肆虐的露天电影院看了场电影，电影讲什么我不知道，我和天使合力抓了十几只蚊子，把他们的翅膀拔下来。天使看起来醉醺醺："这是我做过最像不天使的事。"

我笑得前仰后合："拖我下水才是你做过的最不像天使的事！"

她眼神很温柔："你自愿的。"

游乐园的小丑下班了，脱掉厚重的玩偶服，从背包里拿出手风琴。气氛一时庄严了起来，他拉得并不好听，断断续续，被晚风刮到很远的地方，会有很多人骂他扰民。但是显然天使不这么觉得，她把我一下子拽起来："我们来跳舞。"

我看着参差不齐的杂草和脏兮兮的露台："等一等。"

她的眼睛一下子耷拉下来，垮起个鸟脸。

我把高跟鞋扔掉，问她："跳什么？"

她也不知道要跳什么，她可能根本不会跳舞。天使搭着我的肩膀歪歪扭扭地摇晃，小丑拉得很起劲，我想这可能比他一天扮丑滑稽赚得的要更多，即使不是物质上的。她的兴致很高，我多怕她快要飞起来，只好紧紧地抓住她的腰。

这个公园的监管真的很松，一直到临近午夜才有睡得迷迷瞪瞪的管理员老头来赶人。我们和小丑告别，他告诉我，不会再来这里打工了，他要去专门拉手风琴。

这么晚回去其实我是有私心的，在酒精和下午疯玩的刺激作用下。我想让她保持她的翅膀再久一点，很显然开心傻了的不止我一个人。

在我们走出公园之后她突然开口："我已经记住这个街道的所有监控了。"

我疑惑地看着她，她笑起来："你想不想体验一下低空飞行？"

我的天使脱下夸张的斗篷，在月下张开翅膀，它仍然长得不完整，骨架是残缺的，羽毛都七零八落。可是这个程度就足以架着我在巷子间飞行，我想到她原先美丽而庞大的羽毛墙，是不是能够直接带我越过月亮。

　　夏季的夜晚仍然闷热，但是风拂过来时就截然不同了。我能感觉到她纤细小巧的手架着我的肩膀，在七拐八拐的巷子里，我从来没有那么轻盈过。天使在飞时心情愉悦，就好像翅膀带给她无数个夜晚的所有痛苦都因为这一次短暂的低飞而抵消了。她压抑的笑声混杂着我的哽咽，快如闪电地击破了这个夜。

　　最终我们停留在我家后面的小公园，就是我们从飘窗能够望见的那个。她的手臂温柔地环抱着我，就像她残破又银光闪闪的翅膀环着我们，每一片羽毛上都点着碎钻似的露水。安心的气温舔舐着我，好像身处梦中，因为只有在童年和梦里，天使是可以飞行的。

　　这个夜晚尤其安静，我和她落在睡去的野蔷薇丛里。

　　"我想死在玫瑰中，因为童年时喜爱玫瑰。"佩索阿写过。

　　我说："如果我此刻此地死去，就达成了诗人的梦想。"

　　我的天使说："浪漫不止生死这样的表达啊。"

　　我看见她亮晶晶的眼睛，知道她是关不住的。她贫瘠的胸腔里有一团火，因此而美丽灼人。我向往安全，所以我忍不住垂下脸摸了摸她的眼睛，试图熄灭那双红宝石的光泽。她薄白的眼皮在毛茸茸的月亮底下流淌珠光。我碰了碰天使的睫毛，回礼似的，她碰了碰我的喉咙。

　　我知道喉咙这块非常脆弱，她随时可以杀害我，但是我的天使永远不会那么做。

　　直到我因为蚊子块的痒而开始疯狂蠕动，我扣住她的手："回家吧。"

　　回到公寓后我们直接进了房间，我的天使非常热情地往床上一躺，衣服一甩，抖动翅膀的样子有点酷，只是我手里的刀和麻醉剂有点不解风情。

完事儿以后她在那儿夸张地抽气说我太残忍了，我用止痛药隔着纱布涂满了那个缺口，她还在那里喋喋不休。麻药让她讲话断断续续、模糊不清，非常滑稽，我忍不住把她的嘴捏成小黄鸭："你今天怎么这么多话。"

她"嘶哈嘶哈"地转过身来看着我："就是想和你多说说话吗。"

于是我们又七搭八搭聊了很多，半梦半醒里我答应了她很多过分或者不过分的要求。直到她又一次戳戳我，我："你又干吗。'

她笑嘻嘻地："你压到我头发啦。"

我嘟嘟囔囔说："麻烦得要死。"干脆委屈自己的长脖子往她旁边一缩，"这样好了吧。"

她"嗯"了一声，我的耳朵靠在她胸口，热烘烘的，那一团小小的火也烤着我，把我将近三十年的理智烧了个透。

早晨起来我开始研究高铁线路以及这个国度的边陲小镇，据我所知那里对天使的管控没有这么严格。她听我头头是道的规划，把巧克力麦片塞了我一嘴："你真是疯啦！"我确实是疯了，为了一个认识不到两年的天使要放弃过去的所有。不过这有什么呢？我循规蹈矩太久了，是有资格疯的。

她却一下子知道了矜持为何物，用我咬过的勺子点着嘴唇："我们还没有义结金兰呢。"

你说得对，我认真地考量了一下闺蜜项链的款式，然后因为是不是要在裙子背后剪俩洞和她足足吵了二十多分钟。

打算去边镇踩点的一周我向医院请了假，正好长时间以来城镇的天使被扫荡清理得差不多，工作比较清闲，再加上我之前兢兢业业因此请假格外顺利。面对满脸问号的阔少我在心里点了一首《凉了》，然后在我的背景音乐里没有人能来打搅我。

边陲小镇很偏远，火车班次都少得可怜，只有早晨六点的一班，因此我们在四点就必须要醒来。我被天使用她新长出来的光翅膀拍醒。

因为打闹的缘故早饭都没来得及吃，我们推推搡搡迷迷糊糊，期间走过公园和那片沾着露水的玫瑰花丛，我的天使歪着脑袋："它们看起来像不像在哭？"

我怀疑她内涵我用她的翅膀洗脸。我们来到火车站，还感慨今天的太阳升得也太早了。然后我意识到那个不是太阳，而是抓捕队的探照灯。

就像比较老套的电影情节一样，巨大的光一下子打在我们这对见不得人的罪人身上。我被刺得睁不开眼睛，突然觉得很荒诞，想不出是哪一环出了错误。然后我看到阔少和他忧心忡忡的爹从巡查队的盾牌后面冒出一张脸。

队长打扮的人高喊着："放下武器！"

我几乎要笑出声，因为我左手是行李箱，右手是我挚友的手。武器？武器不是在你们手里？我紧紧地握了一下她的手心，然后我和她就被拉扯开了。

这是一次临时秘密行动，所以火车站照常运作，越来越多的人来到这里，面上带着初醒的茫然。阔少优哉游哉地走过来和我说："有没有听过老虎学艺的故事。"

猫咪藏了一招爬树，他藏了一个摄像头，在那个从我飘窗能够看见的花园蔷薇丛中。

"如果不是因为你突然请假，神龙见首不见尾。"他得意扬扬，"我还不会想起来去查一下那个摄像头。"

他老爹絮絮叨叨，说帮我安顿好了很多事。可能因为救过他儿子性命的缘故他愿意再拉我一次，只要我说我是被迫的，被诱惑的，就可以干净脱身了。我没有理他，只是看着我的天使。

阔少他爹重重地叹息："步步错和一步错是不一样的。"

我听不进去，就像逐渐鼎沸的人声和火车站台播报进站的声音，我都听不进去。 我看着，她明亮的红色眼睛，火已经烧到她眼里。她热烘烘的心跳声，顺着空气、地面的轰鸣，还有每一只麻雀的羽毛传达给我。

我知道她在说什么，我知道有些人是关不住的，就像折断诗人的笔他还是会写作，把枪抵在天使脑袋上她也不会停止飞翔。

而我的天使注定要飞一次。她挣脱了人群，用她没有长成的，被我嘲笑像秃了的鸡翅膀的羽翼扑腾，她扑向火车进站的铁轨。

我的天使注定在白日飞一次，哪怕这个巨大的太阳是假的，哪怕只飞一秒钟。

所有人都吃完了拿到的羽毛菜品，它讲述了一个天使一秒钟的飞行。

甲板上呈现出一片死寂，从第一个可怜鬼嗓子里咳出一片刀片开始，愤怒的幽灵们纷纷冲去暴揍虚假广告的厨师长。

小人鱼读完故事之后长久地凝望甲板之外几乎凝固的海洋。

"你说她会不会后悔？"

"什么？"

"关于飞。"

幽灵主理人似乎因为她居然皱着眉头思考半天这件事而欣慰，她缓缓道："不会的。当你为骑士长挡刀时，你有没有后悔？有人为了爱，有人为了理想。"

小人鱼似懂非懂地点点头。

"其实我生前是一个狙击手。"主理人沉默半天开口，"让我放弃职业的是我前同僚的故事。我也是在死后才得知事情的全部真相。"

　　她叹了一口气："还有人天生不一样，她的所有行为，全是为了好玩。"

烤 物

配料

芳香有毒、礼物丝带、留声机

我全世界最坦诚最残忍的太太对我
撒了谎，或者说没有把真话讲全。
我们的命是系在一起的，唯一的办
法就是同生同死。

通关

我重生了，穿越回了被我太太干掉的前一天。

六月五号晚上吃完晚饭后我在水斗旁边洗碗，她突然从背后抱住我，估计是想效仿一把电视剧里的男女主角，可惜个子太矮蹦了半天也没能把脸搁在我的肩膀上，我为了顾及她的脸面只好暗搓搓地扎了马步。

"你觉不觉得我今天有什么不一样？"

这种对普通男性来说的送命题是难不倒我一个前特工的，更何况她很少这样给我出难题，我不能让她失望。窗户是开着的，风轻轻扫进来，她的头发蹭得我很痒。我深呼吸然后答道："新香水？和你平时用的不一样。"

她心满意足地从我背上下来："Bingo！"

我补充："凯莉马车确实比尼罗河花园更适合你。"

她发出下课铃般悦耳的笑声："但我最喜欢的香水是蝴蝶夫人。"

我还没问"那是什么味道"，她就轻轻说："可惜你没机会闻到了。"

然后我就被对面房间的狙击手打了个正着。

我再睁开眼睛的时候日历还翻在六月四日。她坐在床边翻书，注意到我的目光时，居然还冲我笑得甜甜的。我看了她一会儿，觉得这是濒死前的彩蛋设置，于是借着被她设计杀害的怒气从床头柜的杂志里抽出一把匕首，反手把她干掉了。

我还没体会多久她惊讶得有些复杂的表情，眼睛就一闭一睁，我们双双来到了客厅。

电视上放着六月三日的新闻，我和她坐在沙发两侧。几乎是对视的瞬间我从沙发缝缝里抠出一把枪，她拿起果盘里的水果刀。秉持着敌不动我不动和女士优先的原则，我等着她先发制人。

没想到她把刀子一抛，笑得很开心："一人一次，暂时两清。"

我刚把枪的保险打开，就看到我太太又把刀拿了回来掂量："不过你不是我杀的，但我是你亲手干掉的，我好像还亏一点。"

她看着我一脸呆滞居然大笑，非常亲昵地坐到我腿上刮了刮我的鼻子："开玩笑的，宝贝，你真可爱。我怎么忍心再杀你一次。"

我一直不太理解我太太的脑回路，硬着头皮说："你先把刀放下来，我们有话好好说。"

她很乖地"噢"了一声把刀扎进茶几里，一手拿过遥控器一手捞过我的手环住她腰："你觉得是只有我们有记忆，还是全世界跟着一起穿越了？"

我因为亲密动作头皮发麻，仔细斟酌措辞："我个人认为，是只有死过一次的人才能带着记忆穿越，你背后的组织不在考虑范围内。"

她换了个姿势躺得更舒服："那只好走一步看一步。"

我看言情片看得有点昏昏欲睡，她就趴在我怀里吹我的眼睫毛："我以为我们在演《史密斯夫妇》，其实是《七年之痒》。"

　　我半梦半醒勉强回应："别人以为我们在演《洛丽塔》，其实我们在演《水果硬糖》。"

　　她在狂笑。

　　其实我早该知道她不是什么好人，只是因为近几年生活风平浪静，我懒怠得不行，才忽视了种种迹象。

　　我和我太太是在三年前遇见的，那时候我的假身份是个闲得出奇、天天"被"生病的劳技教师。结束一天摸鱼之后准备回家，却看到某个小旅馆门口的她。

　　一米六不到的小女孩，穿着珍珠吊带和玫瑰绸花纹样的连衣裙，头上顶着一只大到夸张的纱质蝴蝶结，看起来就像隔壁商店偷跑出来的陶瓷娃娃。她神情有点紧张又有点期待地左顾右盼，在看到一个大腹便便五十有余的中年男性朝她走来时眼前一亮，两个人交谈从拘束到放开，看起来就是普通网友见面。

　　我的职业本能——无论是特工还是教师的——都让我停在原地。

　　在她被那个中年男人半搂半抱地走进暧昧的旅馆前我没忍住多管闲事，随口编了一个名字握住她的手："你怎么放学不回家，让小叔担心成这样。"

　　她歪歪头有点愣，没有撒开我的手，而那个中年男性神色慌张尴尬，很快借着由头离开了。我把她带到旁边的甜品店苦口婆心地劝道："你还太小不清楚，刚刚那个男人一看就图谋不轨。你的父母在哪里？"

　　她不理我，眼巴巴地看着隔壁桌的冰激凌。我让她坐着别动，一会儿送她去找家里人，然后任劳任怨地去排队买冰激凌。

　　等到回来的时候她不见了，我拿着手上的榛子口味冰激凌突然有点可惜，早知道买巧克力了，那个起码我自己还爱吃。

当时我只把她当成一个被蒙骗的失足少女，一直到半年后我的一个新伪装身份需要我找到协议结婚的对象，我的介绍人把她带到我面前的时候，我还带点怒气对着线人："我不炼铜。"

她把身份证推到我面前："我今年二十三了。"然后还眨眨眼，声音很甜，"小叔。"

我惊掉下巴："所以你当初……"莫非和那个大叔是自由恋爱吗。

她有点苦恼地咬勺子："是啊，我一贯喜欢老东西。"

我有点受伤，虽然已经三十好几了但没想到会被归入老东西的范畴，只好岔开话题："你还这么年轻，也会被催结婚吗？"

她叹气叹得很夸张："对呀，小叔你不是吗？"

我当时的人设是独身主义但是被父母催着结婚只好出此下策的"家庭煮夫"，一手包办所有家务活，不要小孩不要钱的那种。

我的引荐人说她特别符合，同样不需要爱情但是需要结婚的由头来瞒家属。在奢侈品牌做监制，工资稳定独立，而且就喜欢居家吃软饭型的老男人。虽然我总觉得和见过面、闹过乌龙的对象假结婚怪怪的，但最终还是同意了。

领证用的也是我的假身份，工作人员都是我前组织的员工。没有婚礼是因为我的职业不允许我抛头露面，否则下场很可能是抛头颅洒热血。我的太太很愉快地接受了我是个大门不出二门不迈的宅男设定，而她也确实一年到头都在外面工作，这给了我足够的时间练习烧饭来补全我的人设。

我俩堪称相敬如宾的典范，头半年还会有一起看电影、聊聊天唠唠嗑这样的家庭活动，偶尔她抱着我手臂撒个娇充个电啥的，到后面就干脆连这些都省了。

她回到家的时候往往带着一身妆品店的脂粉气，被我迷迷糊糊抱怨过一次之后就分房睡了。后来想想，她作为一个没有感情的职业杀手，很有可能是用香氛来掩盖身上的血腥气。我俩在这次你捅我一刀我捅你一刀的愉快小游戏之前几乎零交流，更不用说亲密接触。

　　因此这一次她突如其来的投怀送抱让我睡得很不安稳，大半夜醒来看到她笑意盈盈地瞪着我，还是蛮吓人的。

　　我没话找话："要不我们真诚一点，来互相摊牌吧，看看能为彼此做到哪一步。"

　　她说："我怕你受不了。"

　　我："什么大风大浪我没见过。"

　　她点头："要你死的是你之前工作的组织。"

　　我喝到一半的水咳出来："不会吧？这我接受不了的。"

　　组织那个糟老头子坏得很，我三十二岁那年因为失误被他开除，他还惺惺作态地给我派了个引荐人制作假身份来逃避后顾之忧。

　　我试探地问："所以你也是被引荐人安排过来观察我的。"

　　她点点头："差不多吧。上面给我的任务时限是三年，观察你有没有可能暴露信息出卖组织或者干涉组织。"

　　我问："你的评估呢？"

　　她很轻松："当然是没有啦。你很安分，也太懒怠，就是有点爱管闲事了。"

　　我心想当初那个大腹便便的老男人可能也是组织的目标，拿她当诱饵，我的贸然出手导致他逃脱，真是罪过罪过。

　　我说："那你的评估结果出来我就安全了？"

　　我太太笑得甜蜜蜜："对，你可以被安全地做掉了。"

　　其实这也是我们老头子的作风，当初我最后几次任务做得不漂亮害他损失了不少资金，他可能怀恨在心到现在。我说："那何必等三年呢？"

我太太歪头："大概是给老员工的优待？死前体会一下爱情的滋养和人性的关怀。"

我："你一年到头给了我什么爱情滋养？"

她还委屈上了："一开始我还是有的，觉得你好特别、好可爱，和别人不一样。但是你越来越冷淡无聊，我觉得还是在外面做任务比较好玩。"

我没有翻白眼，因为这样对女士不礼貌："那我真是谢谢你。"

她凑过来亲了亲我的嘴角："没关系，现在不一样了。你昨天晚上杀我杀得好果断好有男子气概，我好喜欢，我都舍不得让狙击手把你做掉了。"

我一阵寒噤，正经人谁说这话啊。我当初加入组织是因为走投无路，她就好像单纯是取乐一样。我其实有点想问她如今是怎么看我的，是生态瓶里的观察对象？还是宠物？结果她直接用猛撸我头发的动作解答了我。

我很平静："你和狙击手用香水气味联系？"

她看起来更惊喜："我就知道你把注意力放在我身上多一分钟就可以发现的。"

我有点疑惑："为什么这么谨慎？"

她揉我揉得更起劲："你可以选择相信因为领导觉得你反侦察能力极强，会赶尽杀绝所有参与本次项目的人员；也可以选择相信因为我目前的假身份对组织很重要，我自己不能暴露。"

我选择闭嘴不继续自取其辱。

第二天早晨她没有出门，而是坐在餐桌前像最没素养的小孩一样敲碗筷："我想吃我丈夫做的爱心早餐。"

我："不许敲碟子。"

荷包蛋和培根煎好以后我摆在她面前却发现她没动刀叉，反而嘀咕了一句"为什么不是爱心形状"。

我很无奈："难道要我喂你吗？"

她眼睛亮亮的："好呀好呀。"

我最终屈服于她的淫威给她喂了一顿早饭，手抖是因为尴尬，她居然问我是不是有帕金森综合征。

我："我从小到大没受过给人喂饭这种委屈。"

她："我从小到大也没受过饭被喂进鼻孔这种委屈。"

自从我太太发现我砍起人来毫不手软，脑子也没有她想象中那么稀巴烂之后就很爱作。吃完饭我在沙发上准备睡回笼觉，她就蹭在我身上一会儿踩踩我的小腿，一会儿摁摁我的胸，我假装不搭理，她就在我脖子上磨牙，特别像还没长大的小猫。所以我忍不住笑了，还分享了这个想法。

她也笑得很开心，叼着那一小块皮肤："你的皮肤好薄，很容易就能咬穿了。"

我控制不住地骂了一句脏话。她立刻捂住自己耳朵："小猫咪可听不得这个话。"

在她的硬磨硬泡下我答应出门，但还是很不放心地在脖子上绕了三层丝巾："我这样贸然出门不是很危险吗？"

她很跃跃欲试："根据我的推测，你比世界上大部分人都安全很多。我们要么同生要么共死，不然就会触发穿越机制。"

她顿了一顿："这不浪漫吗？"

这是我们头一次约会，她说要陪我看电影。她能注意到我的兴趣爱好让我很开心，如果她没有一整场电影都在玩我的手就更好了。"你的手好大呀。"她在我耳边说悄悄话，"掐人脖子的时候可合算了。"

后排的妇人神情惊恐，我只得紧紧握住她两只手，她总算消停了。

看完电影以后我陪她去吃甜品，我想起当时那个乌龙事件就觉得尴尬，她倒是一点也不，买了一份榛子味的一份巧克力味的："其实你当时出手，我特别感动。"

"我这辈子没有见过这么笨的人。"她把杏仁碎搅和得乱七八糟，"要不是有资料作证，我都不相信你能当特工。"

其实最后几年，就是因为我发现组织的任务对象从早期十恶不赦的人转为更模糊甚至可宽恕的对象，我才会想办法刻意失误退出的。我的道德底线还是比较高的，而我的组织基本可以说是没有，我太太就是跌破下线。但是这一点我不打算告诉她，她会觉得我很无趣，然后不愿意亲自动手。我总觉得如果由她来做掉我，我会走得比较好看一点。

回家的路上我陪她去了一趟礼品店，她在货架前买了一大堆精美的宽丝带。到家后我在做饭她就在那一个劲比画，我忍不住问她："你要包礼物吗？"

然后她就比画到了我脖子上。

我面无表情地开口："窒息而死的人遗容很难看的。"

她在我的回答中悻悻地收回手："好吧，那还是给你做项圈吧。"

我以前怎么没发现我太太这么有幽默天赋呢。

当天晚上我们久别同床，天地良心我没有一点非分之想。她依在我旁边，整个人显得非常精瘦，睡眠也不深，像那种初入丛林对一切都警惕的小兽。我突然有点怀疑自己当初是怎么狠心把她干掉的，反正再有第二次我真的下不去手。

我本来以为她的关注空巢老人计划只是一时兴起，万万没想到的是从那天开始她就真的开始贯彻落实"爱情关怀"计划，消极怠工，一周只上班一次，还要在门口和我黏糊好久，主要是说那些血腥爱情的俏皮话，可能在她看来是某种调情。

我不太懂这是表演型人格的某种爱好还是她的又一个试验，试验我能否在有限的半年里爱上她。概率很小，首先我对她那张娃娃脸真的很难下嘴，她亲我脸我都要闭眼，因此还被多次嘲笑。

另外我能原谅她要把我做掉因为我本来就罪孽深重，不死在她手里就会死在自己手里。但是我不可能爱上一个要杀我第二次，也许接下来还有无数次的人。总有一天我会在周而复始的穿越重生和再次被杀的循环里崩溃，但她听我这样说，看起来却比我更坚定："你不会的，宝贝。"

也不知道是谁给她的自信，又或者她觉得崩溃脆弱的我会有别样的美丽。

撇开即将截止的三年期限，生活还是很轻松愉快的，日常就是看电影逛甜品店游乐场。我还记得她第一次进鬼屋叫得堪比维塔斯，我："你别装了好吗。"

她笑眯眯地把脸从我颈窝里抬出来："你好不解风情。"

然后她从我的怀里溜出去，对着转角迈出步子又后退的鬼屋工作人员勾勾手指："我不害怕。"

她把工作人员撵得满屋子乱跑吱哇乱号的时候，就好像北方人见了南方大蟑螂。我笑得前仰后合，她就停下脚步转过身看我。

除此以外还加入了菜市场约会的剧情，我太太对杀鱼杀鸡的兴趣很大，有一次她看人家劈排骨看入迷结果和我分开了，我因为能隔着人海看见她夸张的蝴蝶结所以并不担心。

半个小时以后她开始张望我，走过来牵住我的手若有所思："你为什么不逃走呢？哪怕只是试一试。"

"我总不能把你一个人留在这里。"

我没说更多话，牵着她的手看最新展出的五花肉。

我尝试教她做了几次菜，但她很显然没有什么天赋，连荷包蛋都能炒出后现代艺术感。某个下午我睡过头忘记做晚饭，醒来却发现她非常得意扬扬地给我展示她做的三菜一汤以及手臂上起了好些个溅到油点引起的泡。

我出于人道主义关怀给这个好像没知觉的小朋友擦药，面对她看我吃饭时的星星眼依然很平静："就算这样我也不可能爱上你的。"

她愣了一下，声音变得很柔和："我不是为了被你爱才做到这一步的。"

我难得看着她，实际上我从来不看她，或者看不懂她。

我太太大部分时候格外坦诚，她就像那种不懂事的小朋友，讨厌无聊，容易腻味，残忍又天真。她给我透露她们不同香水代表的不同意义时都不带停的，我怕她兴致来了拿个喇叭 24 小时循环喊，老头子知道了第一件事情就是把她舌头拔了。所以我只听她说了三个香水指令就把她嘴捂住了。

她被我问到如果我们进入死循环的时候——可能因为她不是要死了再死的那个——她显得非常通达。

"也许我们尝试了这么多次，找到了击垮组织逃走的方法呢？"她反水一向蛮可以的，"就像史密斯夫妇那样。"

我忍不住摇摇头，生活到底不是电影。

"不过我不可能一直爱你的，一次两次还好。"她学着我的样子捂住我的嘴，"我必须在腻味之前离开你，这样你就会在我的心里永远美丽。所以趁还有时间，你要多爱我一点，打动我一点。"

就这样她依我不依地过了半年，我已经完全可以接受每天早上起来一端绑在我脖子上，另一端绑在她手腕上拖了老远的漂亮丝带了。她的厨艺也是水涨船高，起码不会再把荷包蛋和炒鸡蛋混淆。我因为她开始忙的缘故变得有点懒，小肚子都养了出来。

看电影的时候我嘟囔要减肥，她和我说，胖一点可爱呀。于是我做了两个仰卧起坐就躺倒。

她："胖一点更好吃。"

我赶忙跳下沙发又做起了平板支撑。

晚点的时候我在洗碗，她在跟着收音机瞎唱女人善变，我问了两遍"你打算怎么杀我"她没有听见，不过我希望她的点子足够好、足够多，花样新鲜一点。不然周而复始被抹脖子，我可能真遭不住。

到离结婚纪念日兼组织给出的截止日期还剩半个月的时候，她工作的时间变得多起来，我推测是她在为接下来做准备，这样如果我再次复活穿越到她干掉我的前一天，她好有个准备。而我的睡眠开始变得短暂，有时候看着阳台就是一整夜，直到她踩着黎明披着霜走进来。

"你该多睡点，宝贝。"

我摇摇头："要死一千次的不是你。"

不过也还好不是她，这对一个小朋友来说太残忍。她坐下来揉揉我的头："你放心，我一定会找到通关的方法。"

我无视了她轻飘飘的安慰。

十二月四日晚上，我在她洗盘子的时候给她送了瓶娇兰的蝴蝶夫人，我注意到她的香水放了一展柜但是没有买这一瓶她"最喜欢的"，这可能是个送分暗示。她看起来很惊喜，和我说："Bingo！通过了考验。"

我说："三周年快乐啊。"当天晚上她盘子也不洗了，湿漉漉的手握住我要来跳舞。她看起来尤其开心，在手腕、脖子还有膝弯里洒满香水，一点都没有第二天就要把我做掉的自觉。

这样也好，没心没肺没人性的小疯子，足以应对同样疯疯癫癫的世界。我作为半个正常人实在是没法睡好，换谁都不能一下子接受自己接下来还要再死无数次，在地狱和人间反复横跳的可能。我甚至开始期望这个穿越复活是一次性的。

可能是我的频繁翻身把她吵醒了，她也坐起来，吻了吻我的眼睛。紫丁香、桃子和玫瑰的气味轻柔地刮着我，我在她哼的女人善变里睡过去。

第二天早上难得她不在家里，一睁眼她不瞪我，我还有点不适应了。餐桌上摆着一只长条形的盒子，我心想如果一拆开是一把枪对准我扣动扳机就有点俗了。没想到更俗的是里面是一大捧玫瑰，我深吸了一口气就感觉晕晕乎乎脚步漂移的，基本猜了个七七八八。她那一个月不是外出工作，而是研制出了这样一款很特别的毒。同时又觉得如果这样离开，倒也不是很难以忍受。这可能是我太太的最后温柔，让我睡倒在花的环绕中。

我趁着还有点命打算去菜市场买点菜做个最后的晚餐，却发现她就在我们常去的摊位门口和摊主干瞪眼。我走路有点不稳，她就过来牵住我的手，在我耳边轻声说："新婚快乐，再见。"

我说："再见什么，很快又要见了。"

虽然我一点也不想的。

我太太轻声说："不会了，我怕我腻味你。我不是说了吗？我已经找到了通关的方法。"

她撩了下头发，踩在我的皮鞋上："你没觉得我今天有点不同吗？"

我笑了笑："你喷了你最爱的香水。"

她踮起脚想要吻我，最终落在我的唇角："你把武器亲手递到我手里，这不浪漫吗？"

就像你把毒制成玫瑰出席一样吗？我在恍惚中看到她的额头上也有一个明亮的红点。突然意识到我全世界最坦诚最残忍的太太对我撒了谎，或者说没有把真话讲全。我们的命是系在一起的，唯一的办法就是同生同死。

她的声音很甜美冷静："狙击手，我在摊位这么久，你应该接收到香水指令了。如果我爱上任务目标，那么就喷上我的挚爱香水。我爱上目标并且杀死他了，你现在应该立刻开枪清理我。"

故事结束小人鱼眨了眨眼睛："她身上有种荒诞的戏剧的美感。"

前狙击手，现幽灵主理人说："是啊，我原先只觉得她是个小疯子，没想到她已经无可救药了。"

"也许我也无药可救了。"她轻声说，"决定离开那些烂事的第一场旅行我就坐上了这通往覆灭的游船。"

"你也可以理解为新生。"小人鱼并不悲悯，"上帝要给你以重来的机会。"

主理人摇了摇手，没有回应。

很快甲板上的热闹散尽，小人鱼今天晚上听得太多，一时半会她的大脑难以处理这些复杂的情感。

海底世界无风，魔力的屏障又隔绝了海水。她在绝对的寂静中站立了很久，直到一个小幽灵飘过来："小姐，他们喊你吃饭后甜点呢！"

"来了。"她迈开步子。

这一道菜终于有了甜点的自觉，黑白的国际象棋棋盘，洒着飞散的覆盆子酱，非常有设计感，像星级酒店柜台里的糕点。

小人鱼拿起了叉子。

"且慢！"

厨师长大手一挥，无数亮晶晶的各色的剔透小石头撒落下来，更为黑白红色的棋盘缀上了七彩虹光，整道甜品顿时生辉。

"二合一。"他欠身，"作为今天的压轴菜，请慢用。"

甜 点

tiándiǎn

配料

甜美的谎、狐狸的轻信、荷尔蒙

L先生喃喃："结尾的时候你摘下贯穿一整部剧的黑纱、擦掉深红的口红，流泪抱着爱人的旧西装跳舞的样子，我记了很多年的。"

天敌

会和 L 先生捆绑炒作，我是怎么也没想到的。

我们只不过是一起拍了部电影，电影如预期一样走红，宣传期被迫同进同出，再正常不过的同事关系。一干多才多艺的粉丝就拿着剪辑的视频，挥舞狐鹿大旗，怒号"真相是真"了。

"会发展到这一步，我们也是没想到的。"我的经纪人兼好朋友 G 小姐难得严肃，把手机屏幕展示给我。

我看了一下热搜，是一个有点模糊的视频。我发言时麦克风没有别好，双手又抱着粉丝送的鲜花和玩偶，于是好心的 L 先生捏着我的麦克风放在我的嘴边。整个过程很短，七八秒后助理就跑上台为我拿走了鲜花，我向 L 先生道谢。我眯着眼睛仿佛地铁老头看手机，愣是没有看出这到底有什么特别的点。

热评第一：注意助理上台，H 拿回麦克风后 L 先生的眼神！明明就是三分失望三分落寞三分委屈还有一分不快。

我抬起头看了一眼同样满脸问号的L，他笑笑："怎么回事？"

热评二是一张截图，L的眼睛有点泛红，配合热评一确实有点委屈的味道。

出道八年万花丛中过片叶不沾身的我突然接到要求捆绑的通知，心情自然不会好，于是骂骂咧咧："所以你眼睛红什么？"

他挠了挠脸颊，声音轻轻的："前一天晚上通宵补看你以前拍的电影没睡好。"

我一拳砸在棉花上，气得把转椅背对大众。

G小姐还在"循循善诱"："你们的作品《得意之作》大受好评，剪辑数和粉丝数急剧飙升，各大网站上你俩搭配在一起的热度都高居不下，L先生的口碑非常好，连你那几个闹腾得最厉害的奇刻粉丝都没怎么表态。他家粉丝又一贯理智到冷漠，如今澄清是最不明智的选择，我劝你考虑清楚。"

"更何况……"她顿了顿，"宣传期还没过呢。"

我和G相识多年，从出道开始就是她带着我。G的本体是一条狗，忠心耿耿的同时又牙尖嘴利，谁也没能从她身上讨到我的好。我本体是狐狸在圈内不是什么秘密，因此背地里不少人骂我们狐朋狗友。她为我做的选择一定经过深思熟虑的，于是我虽然生气，但还是说："都听你的。"

出乎意料的是，L先生和他的经纪人C小姐没怎么犹豫就签了合同。我猜可能是在来的路上就已经分析了利弊。L先生还小心翼翼地过来和我解释："是我不当心造成的，我希望能有所补偿。"

我墨镜一戴谁也不爱，径直离开。

公司给我和 L 先生打造的卖点是"戏内知己，戏外天敌，我将违背我的天性来爱你"。

虽然如今兽人的天性已经退化到差不多，但还是难免会受到本性控制。我是狐狸，L 先生虽然出道至今从未曝光，但是根据一个长达十七页的技术帖分析，他的本体应该是鹿。

鹿作为狐狸的口粮却爱上狐狸，简直是在不少小姑娘的触动点上跳舞。我打开某网站搜索我和 L 先生的名字，点进了播放量最高的混剪视频。

这个混剪视频用我早年电视剧的大量镜头和 L 先生一部中世纪题材电影剪了一个前世今生的剧情，时长足有八分钟，不仅剧情连贯调色还很好看，连我都啧啧称赞，我甚至琢磨把作者拉进公司干活。抱着好奇的心态我点进了她的主页，看了看其他视频。

后果就是第二天，我顶着两个黑眼圈去化妆室，不怪我没有自制力，那个作者实在是太会剪辑了。

早我一点到的 L 先生吓了一跳，我没好气地瞪了他一眼：还不都是你害的。

他愣了愣："H 小姐和之前在剧组里有点不一样。"

我知道他是在说我的脾气变化。

狐狸脾气本来就不咋地，为了不惹是生非，为了牟取更多利益，我不介意给自己安一张好脾气的假皮。之前拍电影的三个月里我一直客客气气、安分守己，没想到这只蠢鹿后续会给我惹出这么多的麻烦事。

我哼道："既然要假扮情侣，那么还是早点开始适应练习比较好。"

L先生笑了笑，推给我一个纸袋子，我瞄了一眼是我最喜欢的鸡肉芝士可颂。

无事献殷勤非奸即盗，我咽了咽口水："用不着L先生费心。"

他支着脸颊："既然要假扮情侣，那么还是早点开始适应练习比较好。"

别以为碰巧看了我的一个访谈知道了我喜欢的早餐就可以在我这里获得更多好感。我很有骨气地把脸别过去等他出门，然后开吃。

今天行程很简单，参加一个访谈，回答几个已经重复过无数次的问题，然后一起坐上两辆保姆车再被"不经意"拍到出现在同一家餐厅即可。因为昨天晚上没睡够所以我有点蔫了吧唧的，即便如此我都能感觉到一道灼热的目光在我身上兜兜转转，我忍无可忍想骂他生硬，准备怒视回去的时候L却非常快速地躲闪目光，一本正经回答主持人的问题。

结果主持人却和打了鸡血似的声音都抬高一个八度："那么请问H小姐和L先生在片场有发生什么有意思的事吗？"

这个问题的答案我烂熟于心："我演的角色不是L博士制作的仿生人吗？因为拍摄时间很赶经常睡不够觉，所以我会在片场发呆打盹。那时候L先生还不知道我是因为困，背地里偷偷和他的助理说我好认真哦，无时无刻不入戏，体会那种空无的状态。可把我心虚坏了。"

主持人配合地笑了笑。

L先生沉默了一下："我们当时有一幕戏是在乡下拍的，就是博士带仿生人外出郊游试图唤起她内心对自然和生命热爱的那一段。中午休息的时候我们路过农家，农户的鸡散养在外面，H小姐一下子就走不动道了。"

这和说好的不太一样。我一下子扭过头瞪着他，他温柔诚恳的眼神像是在提醒我摄像机还在运转，我一下子反应过来咬了咬嘴唇："不是说好不提这一茬的吗……"

访谈在主持人一脸"我嗑到真的了"中结束。当天热搜榜第一位果不其然还是"狐鹿"，随即公司临时取消了狗仔偷拍，一下子糖撒太多，是会显得假的。

我随便刷了一下热评大部分都是"你看她这个表情不就是小女孩儿撒娇吗"，并为此心情很不好。我多年苦心经营的人设是无情演戏的矮个女王，童书反派角色。如今无情两个字被这只蠢鹿砸了，女王可不能再倒了。

于是第二天我换上帅气西装把头发梳成大人模样早早地去了化妆室，特意要求化妆老师给我整了个烈焰红唇。L进来的时候果然被我们狐族天生自带的美貌迷得挪不开腿，半晌才说："我记得你第的一部电影扮相，和这个很像。"

说实话她太久远了，我都有点不记得了。他一边坐下来一边继续说："你饰演的是一个连环克夫弑夫的寡妇，看起来为了继承财产其实是为查清第一个丈夫的死亡真相，向全体加害者复仇。"

L先生喃喃："结尾的时候你摘下贯穿一整部剧的黑纱、擦掉深红的口红，流泪抱着爱人的旧西装跳舞的样子，我记了很多年的。"

我被这只不懂得收敛的蠢鹿说得老脸一红，其实当年那部影片恶评不少，都是说太狗血，远远不如我之后的作品，但我本人其实非常喜欢导演设计的各式各样浪漫桥段，充满艺术感的造型。只可惜我自己接受访谈问起最喜欢的作品时都不能说。

秉持着礼尚往来的准则，我也斟酌开口："进组前我补了你的部分电影，大部分都是叫好不叫座的文艺片。我第二喜欢的是那部你扮演哑巴的作品，去掉台词后演技就显得更加重要。"

L先生微笑："那第一呢？"

我昂首挺胸："当然是和我合拍的这部。"

他笑得眼睛都看不见："是啊，《得意之作》也是我的得意之作。"

《得意之作》出自风头无二的鬼才编辑，讲博士教会仿生人爱与恨的故事。

L先生扮演的角色是一个细腻温柔的博士，而我是他的唯一作品。我的各项机能已经与人无二，却无法理解最高级的爱与恨。电影的最高潮在于无论L先生如何与我这个仿生人相处、生活，都无法让"我"达到上级的要求，最终他决定将我销毁。

在与我多年的相处中爱上我的L先生决定带我逃出实验区重获自由身，却遭线人背叛，被埋伏的巡逻兵抓捕，当场击毙。就在他死亡的那一刻，情感探测仪检测到极为强烈的情感波动，目睹L先生在我面前死去的那一刻，我终于成为人了。

然而这只是第一次反转，探测仪发出剧烈的轰鸣后科研人员向我握手，宣告实验成功，我披上白色大褂，被称呼为"博士"，而被击穿漏出机油的L先生则被回收。

原来真正的仿生人是他而不是我。

实验的终极问题是：最高级别的仿生人能否为爱人赴死。

　　我记得我第一次看完剧本就被深深地吸引了，担任人类的我如此寡情冷漠，仿生人却重情义，最终以我看向 L 先生被撤走位置的眼神留下一个悬念：我究竟有没有对仿生人动情。我为了这部电影耗费了很多心血，苦磨多日最终演出了一个得到编剧导演交口称赞的角色。而 L 先生是圈内公认的天才型演员，也许恰恰是剧内的角色之间的张力吸引了众多粉丝。

　　一想到这里，我对和 L 先生捆绑这件事也就释然了很多。

　　采访结束后我们坐进同一辆保姆车，当夜我抱着大家都拜倒在我的红唇扮相的期许中再一次忍不住刷了微博，结果清一色地都是在夸 L 先生好绅士，我上车的时候还用西装外套帮我遮挡防止走光。

　　我一连刷了几十条才翻到一句"不觉得今天 H 小姐的造型帅到爆吗，L 倒是一身白西装软绵绵的，请问这对小情侣是约定好了每天换身份吗？"

　　我完美地忽略了后半句话，并因为她体会到我女王扮相的用心良苦而感动。

　　于是我手滑点了个赞。即使我撤回得很快，热搜名还是变成了"请问这对小情侣是约定好了吗？"鉴于我司公关向来处理能力一流，于是罪魁祸首我本人选择蒙头装死。

　　好不容易从尴尬中走出，结果下一次见面 L 还不怕死地用那个句子问我："小姐，今天轮到谁女王一点了？"

　　他立马被我用卡布奇诺堵住了嘴，有点惊讶地张嘴："你怎么知道我喜欢喝……"

我一叉腰："就你能看我的访谈，我不可以看？"

他在旁边沉默了一会儿，然后笑得肩膀一抖一抖。就知道这笑，眼纹长出来多少保养品都救不回来。

当天的访谈果然都围绕着不久前我的点赞，我僵持着微笑脸表示只是单纯冲浪手滑了，而L则一直用他忽闪忽闪的大眼睛温柔地望着我。

当晚各大平台主页就被一张表情包刷屏了，图片是L先生看我，而我面无表情地面对镜头，配字是：谁能拒绝L的鹿眼睛呢？H：我能。

这是这么多天以来我第一次为我和L同框而开心，因此没有看见评论里显微镜女孩圈出的桌子上L手边的咖啡，店员签的顾客名是我的名字。

我兴冲冲地把这种表情包分享给L，结果那边显示"对方正在输入"了好久，而我不知道为什么也看了好久。

一个视频电话打了过来，我接起来，发现是穿着毛茸茸居家服的L，这个直男很显然不会找角度，镜头怼着他上半张脸，我只能看见他浓密上翘的睫毛和巧克力色的大眼睛。以及听见他湿漉漉的，有一点委屈的声音："真的能吗？"

我果断地挂掉视频电话准备睡觉。你说这诱惑搭档能不能给抓起来啊？最要命的是当天晚上我就梦到了他——鹿化的他。蜷缩着长手长脚在我身边，狐狸本体的我带着明显危险的捕食者的气息在他周边打转，而他抬高头露出脆弱美丽的脖子，献祭般地等我咬下去。

第二天醒来的时候我感觉大事不妙，出大问题——我可能栽了。

电影延长映期，官方微博陆陆续续地发花絮，当初我和L先生不知不觉的互动在一堆解说下都有了诸多糖点，连我自己都觉得越看越暧昧。我对着镜子噼里啪啦扇耳光：你不对劲。

然后我点开了L先生的荧屏处女作，准备看看他青涩的演技找找心理平衡。和我舞台剧出身转电视剧转电影不同，L出道就是拍电影，而且电影一部比一部虐得人肝疼，他饰演的角色一个比一个悲惨。

年轻天才将角色表现得淋漓尽致，看客的心一下子就被他揪住了。就譬如这部作品中他被人利用、求爱然后丢弃，影片的最后一幕是他从悬崖纵身一跃，镜头拉得很慢很远，甚至看不清他是在下坠还是在飞。

我一边流泪，一边流口水。流泪是因为没有对比就没有伤害，人家第一部作品就娴熟老练，好评如潮。而我的第一部舞台剧算上狐族十个亲朋好友才十一个人，演得磕磕绊绊，剧本是自己写的，非常不着调的跨种族爱情故事，最后还坚定地说我将来要成为大明星。

流口水可能因为狐狸天性使然，当其他人因为事物的脆弱而心生怜爱时，我只会联想到被勒住脖子的猎物，并为此而兴奋、着迷。偏偏L先生的角色都是这一挂的，我非常可以。

L先生的电影不多，我之前看过一部分，花一晚上就补完了其余的，第二天再见到他的时候难免有点怜爱，一张嘴就是"爸爸爱你"。

L的表情有点古怪，半晌才小声说："不要女爸爸。"

今天要录的是一档综艺，当然主要也是为电影做宣传。其他环节都相安无事，一直到有一个需要夺取钥匙的活动环节，推搡中我的额头不小心撞到了一个男嘉宾的下巴，我还没有揉就被 L 不动声色地推到后边去，计分环节他还在小声问我："痛不痛？"完全没有关注节目走向，非常不专业。

主持人有点尴尬地往这边看了一眼。我忍不住踢了一下他的小腿，他一下子坐直了还很委屈，我感觉如果有小鹿耳朵都要耷拉下来了。"不要总是看着我。"我小声咬牙切齿。

他歪歪头："我忍不住。"

之后的一个环节是恶搞重演《得意之作》经典片段，需要我和 L 先生交换身份，我来演前期春风化雨的"博士"，他演没有感情的"仿生人"。本来都进行得很顺利，毕竟我俩再怎么不着调都是有多年经验的专业演员。一直到枪声音效响起，"博士"被击毙，我准备仰面倒下时他一个箭步过来拉住我："你们这里没有铺软垫，我担心她磕伤了。"

他这话讲得极其诚恳，一双眼睛眨巴眨巴，女嘉宾们心都化了，节目组也纷纷道歉。圆场的男主持人打哈哈道："没想到天才也会有心软的时候啊。"

L 先生一本正经："爱让天才沦为凡人。"

也不知道是在说电影里的角色还是他自己。

综艺拍摄完已经是深夜了，我因为之前蹦蹦跳跳、嘻嘻哈哈过于亢奋，以至于完全不困，就是在纠结 L 的那句话到底是他对剧本的解读还是另有深意。L 先生的眼睫毛长长地垂下来，看起来困得要昏过去，但还是很执着地要和助理去便利店给我买红药水。

保镖站在便利店门口，我坐在靠窗的位子摘了墨镜吃关东煮。L

买完药水走过来，很自然地给我涂药膏，助理尴尬地收回手。我当时可能在发呆所以没什么反应，他强撑起精神给我抹药。

然后素颜的，嘴周还有一圈关东煮汤汁的我，和困得迷迷瞪瞪戴着口罩的 L 先生，被路过的粉丝拍下来了。

图片很模糊很晃，我看起来憨憨的一点都不精明，看着远方恍惚的车灯，而他带着泪水的睫毛和专注的动作，一切看起来都那么真实自然，自然得不像两个当红明星。

这张图片果不其然又一次引起轩然大波，只是比起之前几次势必会出现的"炒作"论调，评论显得空前和谐，没有控评，没有猜测。点赞最高的一条是"妈妈，我好像真的嗑到真的了。"

G 问我咋回事，我无语凝噎："可能这就是父爱变质。"

G："那您这个保质期半年真够短的哈。"

当我这样说的时候，公司长桌另一边被 C 小姐指着鼻子破口大骂的 L 先生从挡脸的杂志上面偷偷露出两只眼睛，他看着我的时候，我也看着他，这不是世界上最好的事情吗？

几个高层叹了一口气，公关可怜巴巴地捂住了所剩无几的头发。

《得意之作》上映第三个月我们以一套杂志作为最终售后，也被一系列粉丝认为是官宣。组图的名字叫《天敌》，由红、黑、白为主基调。

造型师为我做了夸张的卷发，在假耳朵和亮出真耳朵中选择了更有冲击力的前者，大狐狸耳朵和尾巴。对应的，L 先生戴着毛茸茸的鹿耳朵和短尾巴，脸上也画了类似梅花鹿的斑纹。

布景是国际象棋棋盘，我和 L 先生分别担任棋中的黑白皇后，以一场变形的棋局为故事线，最后一张最受欢迎的照片是棋盘上兵荒马乱，玫瑰花瓣洒落，既像祝福又像飞溅的血液。我咬住 L 的耳朵，而 L 掐住了我的尾巴。

　　最终这套图发出来的时候可以说全屏欢庆，连我的狗子经纪人 C 小姐都在那抹眼泪。只有一个人不高兴，那就是我。我生气的原因是我被骗了，被 L 先生骗了个彻头彻尾。

　　《天敌》拍摄结束后我和他在化妆室独处，因为拍摄残留的那点点说不清道不明的荷尔蒙，我和他交换了第一个吻。

　　吻得有点暴力，他的厚唇上糊满了我没来得及擦掉的口红。我倒是没有体会到电影里那种幸福到跷起一只脚的快乐，只是觉得舌头有点疼，感觉像被什么东西划破了。于是我掐着 L 先生的下巴掰开他的嘴，发现他因为兴奋露出没来得及收回去的尖牙耳朵和尾巴。

　　是狼尾巴。

　　我差点双腿一软天旋地转没有跪下来。

　　他："倒也不必行如此大礼。"

　　我气得差点拿眼影盘抽他："你骗我！"

　　他也很委屈："是你们非说我是鹿的好吗？我从来都没有承认过。"

　　我气到冒出尾巴，说不全话："你之前！这么多年！这么多分析！大家都默认你是鹿的好吧！"

　　他："因为你喜欢羸弱可欺的素食动物啊……所以我才会找人写那个技术帖。"他到这里居然还很开心地摇了摇尾巴，"你果然看啦！"

　　我的心情就像被狗咬了一样，还不能咬回去，连他钻进我怀里可了劲卖萌撒娇都没有用。

我决定和他绝交十分钟，不对，十五分钟。

　　最后还是哄好了，因为他屈辱——本人一点也不觉得屈辱——地签下了条约，包括但不限于要给我揉尾巴，要坦白所有对我隐瞒的事。

　　他躺在沙发一头我躺在另一头，我抱着他蓬松的狼尾巴，他抱着我冰冷的脚。扳着我的脚趾头，给我一件一件说我不知道的事。

　　于是我知道了听说我接戏后，他主动要演《得意之作》，知道了那些我以为的无意识动作都是他的特殊照顾，知道了当年我的第一出舞台剧的唯一一位意外演员。果然老话说得好，最高级的猎手，往往是以猎物的身份出现。

　　知道了身为一匹狼，他也无时无刻不想着吃掉我，却又在张开嘴咬合的前一秒钟，温驯地舔了舔我。那些我以为的巧合，不过是某只狼蓄谋已久的故意，而我傻乎乎的被他骗，掉进温柔陷阱里。

　　唉，真是败给他。

甜 点

配料

各色宝石、无用的记忆

❋

这真神奇——按照我的性格，我应该已经向她求婚过上百次。因为无论是二十岁、三十岁，还是七十岁的她，我都怎么也欢喜不够。

失败求婚

说出来你可能不信，我是个反派角色，准确地说，是我所处世界中最大的反派。但我不是个恶人，从来不是。

在我出生时，我就已经被塑造为反派了。此后我的理念、我的动力、我的追求都与世界所求的真善美相悖，而这些在我看来却无比正常。

不，这当然不是我的辩白，我从没有期待过被人理解。实际上，这是一篇求助帖。

我抓来公主十年有余，没有一个勇者斗胆来抢。好像我做反派做得太好以至于所有人都怕我——除了我的妻子。

我很喜欢她，不单单因她一点儿都不怕我，还因为我们非常默契，即使处在硬币的两面也相存相依。她就像只初生的小羊羔一样在我的城堡里这边踢一脚，那边踹两下，把我黑黢黢的心都照得彻亮。

直到不久前在某个清晨醒来，看到她年轻而甜美的睡颜我才意识到，我甚至没有向她求过婚。

以防不是反派的你们不清楚，我在此解释。抓一名公主几乎可以说是童话国度中反派角色的入门考试，虽然一开始非我本愿。但我确实在相处中爱上了她，并决定履行丈夫的职责。

一位丈夫，同时也是一位老派的绅士，当然不能错过求婚。

我从没有求过婚，于是认真钻研了许多求婚方式。比如打下整个王国冠以她的名字，但是考虑到如果没有我干涉，王国本来就是她的，我觉得有点多此一举。

至于补齐每一岁的生日礼物，在今年的礼物里送上戒指之类的经典送礼攻略……

"亲爱的，你看这个，简直太蠢了。"她是这样说的，嘴微微噘起来，"谁要是敢这样和我求婚，我一定转头就去拔第一根玫瑰花把他扎死！"

为了不让我妻子的手被玫瑰花刺弄伤，我也从名单中划去了这个选项。

最终我还是决定用宝石和钻石，虽说这些亮晶晶的小石头不过是商人的骗局，但是显然对人类非常有效。

当然不可以直接送，反派的求婚怎么能稀疏平常，我不允许。

第一次求婚我找了一颗全国最大的绿宝石，让当地最好的匠人花费三个月将它切割成了几近球面的形状。我将它塞到了我妻子的床单底下，期待隔天早晨她能因为腰酸背痛发现然后欣喜若狂。

但是我的构想落空了，这只小猪一如既往睡到日上三竿才迷迷糊糊地起来。

我瞪着黑眼圈："蜜糖，你睡得好吗？"

"好呀。"她一边伸懒腰一边往我身上蹭眼泪眼戾。

我面无表情:"我怀疑你不是真正的公主。"

她没有理我,只当成我的日常发病。

她从来不在乎我伟大的构想,敷衍地在我脸上亲了一口,飘飘然去洗漱。

伟大的反派不会因为一次失败而气馁。

第二次求婚我选择了红宝石。我妻子尤其喜欢裹上樱桃酱,做成樱桃形状的鹅肝。于是我精心布置了一道烛光晚餐,并在最后端上了这份分子料理甜品作为收尾,她果真吃得很高兴,一碗六份,她吃了五份。就在她叉子要碰到最后那枚亮晶晶的"樱桃"时,她突然打了一个饱嗝。

我的小妻子端端正正地坐回去,用餐布擦了擦嘴:"我饱了,你吃。"

我垂死挣扎:"蜜糖,你爱吃,你吃。"

她哼哼唧唧:"我的胃口才没有这么大,你不要凭空捏造。"

我:那刚刚三杯饮料两碗面四块小羊排……

她当真和我心有灵犀,一旦不占理就用"你态度不好你不爱我了"那一套开始撒泼:"你为什么不吃? 我给你吃你不吃,你是不是不爱……"

我说:"你别说了。"拿起石头就往下吞。

味道不错,就是牙有点疼。她满意了,但是她不说,还假装生气,进卧室还把我锁在了外边。明明世界上没有门能挡得住我。

第三次求婚我选择了更盛大的方式,我在我们两百平的大床上铺满玫瑰，而在正中央的玫瑰里放着一颗黄钻作为花蕊。我的幻想是在她推门而入的一刻就召动魔法使所有原本闭合的玫瑰盛开，那颗黄钻会化为翩翩展翅的蝴蝶落在她的指节作为主石，银环自动生成锁住她的左手无名指。我对此相当满意，直到我听见计划当天她和几个表面闺蜜的茶话会。

"我总觉得你丈夫脑子不太正常。"

"哎呀，反派都是这个样子。"

我敲门的手顿了顿。

"刚刚进门看到你们城堡前那么大一片红玫瑰，真是土得要死。"

"哎呀，直男都是这个样子。"

我转身折返。好不容易茶话会结束我妻子送她闺蜜们离开，回来的时候瑟瑟发抖："亲爱的，我们家花园怎么焦了？"

我："园丁手笨，浇水的时候拿成火枪了。"

她的大眼睛眨巴眨巴："那我们家卧室怎么也焦了。"

我："火枪马力比较大。"

她信了，继续快快乐乐地去追肥皂泡沫剧，完全不懂安慰一下她丈夫脆弱的心。当天晚上睡觉的时候我左思右想翻来覆去，她居然还恶人先生气，抬起小脚丫子："你再不睡觉我就把你踹下去。"

我："你变了，你以前很温柔，很关心我的。"

我妻子向来说一不二从一而终，果真把我踹了下去。我躺在地上看着天花板怀疑人生，她那边打鼾打得香喷喷，半夜还啃了我一口："鹅肝真好吃……"

我揉了揉被咬出血的手，无奈地替她把头摆摆好省得落枕喊疼。唉，真的是头猪。

我的求婚计划接二连三以失败告终，各种花花绿绿的宝石被我往养鱼的水缸里扔作基底。结果那天我上完班，也就是作完恶回家，发现她捧着那个鱼缸不放，眼睛都红了。我呼吸一紧，感动到差点落泪，半年，半年了，这只小猪终于第一次正视了这些钻石。

　　我清清嗓子准备安慰她别太感动，结果她拿起鱼缸就往我脑门砸："你没事刃这么多破石头干吗啊！把我的饱饱都给埋死了！呜呜……"

　　我看了一下那只金鱼的死相："……你的饱饱明明是你喂太多粮食撑死的。"

　　她假装没听见，哭到眼泪都从鱼缸里溅出来了。

　　我实在不忍心她哭，觍着个脸跑去找时间神重新拨动了这条鱼的时间。

　　不仅因此被众神嘲笑了一年，还免费打了二十件苦工。

　　我反派的尊严被一而再再而三地挑战着，我决定强势一点，让她知道什么是规矩，什么是体统。

　　我把宝石藏在舌根，在她看电影的时候突然掰着她的下巴吻。最近我打工回来得少，也确实很久没有亲热，她倒没有拒绝我，就在我准备将石头推过去的时候，她突然一巴掌推开我的脸："累了，一会儿再亲。'

　　我一口血怕喷在她脸上，硬生生又压了回去。

　　我怀疑过我妻子是故意的，于是旁敲侧击地找人打探过很多次。

　　不过根据她的家人朋友——没错，我甚至还要定期陪她回娘家看望老人——的说法，她就是单纯蠢而已。这让我相当挫败。

　　老丈人一边打牌一边和我咬耳朵："要么我看您就好好单膝下跪

然后求婚算了。"

我非常有自尊地摇头，我的求婚一定要别出心裁，与众不同。

到我妻子出牌了，她自以为假装高明地换牌出老千，但是在场除了我就是她的父母哥哥，所以大家都假装很默契地没看见。

"又是我逃光！"她得意扬扬地往后一坐，"晚饭你请客。"

我们说："你真棒。"

说得像你输了不会赖账一样。

情场失意职场得意，我满腔不得志的愤懑都用来搞破坏，反正后续修缮也是我妻子去散我的财，还能赚一身好名声。大家都哭着说圣母在世，为救人民于水深火热所以嫁给大反派。

我妻子站在废墟里，脚上被石块瓦砾磨出淡淡血痕。她一身白纱眼睫低垂，眼中有怜悯的神情，脸上的表情神秘莫测。

只有我知道她是今天起得早，这会儿还在发蒙。果不其然一回家先拿我开涮："你为什么这么早要去作乱。"她半梦半醒还拳打脚踢。

然后就把自己累睡着了。看着她平静的睡颜，我心中突然涌起了一个可怕的念头。什么样的求婚是前无古人后无来者的呢？什么样的求婚才能使我们的爱情以或好或坏的名声传唱千年人尽皆知呢？什么样的求婚才能让她明白，我的爱是独一无二的？

我温柔地看着她颤抖的睫毛，也许只有毁灭这个王国，才能不枉担反派之名了。这很简单，我有很多种方式可以在她不知不觉间完成这一切。她甚至不会醒来，在察觉我出门前，窗外就已经狼藉荒芜一片。

这非常诱人，我的反派因子活跃起来，我早该这样做。她不会再和那些虚伪的、只是贪图她名声好让自己跻身上流的"闺蜜"参与无聊的由她付费的茶会。

不会再定期回到她的城堡里看望那些在我抢走她时无动于衷，甚至谈起条件变卖女儿的"家人"。

不会再向人群微笑，因为从未有人真心实意地爱她。他们贪图她的金银，夸大村庄的损伤好牟利，转身就高声笑她的愚蠢。在她被选为魔王之妻时松下一口气，作为茶余饭后的谈资。

无论我如何劝她那是我按照世界旨意降下的罪与罚，她都不管不顾要进入坍塌之中。如果我毁掉王国，她就只剩下我了。

我们可以相互取暖，她不用害怕陷入孤独而去讨好他人了。

我当年化为龙席卷王城，看到因为摔碎一个盘子被困在塔楼里，穿着破裙子，饿得瘦瘦小小的她，是她在一片人群的尖叫里先对我微笑的。

她看起来那么羡慕我，她说："你的身形好大，你一个人都不会孤单吧。"

我说："会的。所以你要让我不孤独吗？"

当我把她抢走时，她说："谢谢你救了我。我是一个吵闹的孩子，所以我的父亲不允许我说话。"

我把她托进掌心里："没有关系，我的城堡很空，你可以用言语填满它。"

她的家人待她不好，倒不如说没有谁对她好过。她有了做反派的先决条件，可她太善良了，善良得甚至不配做反派的妻子。而我呢？我太爱她了，她的善良也变成了我的脆弱。

可恰是因为她这份愚蠢的善良，让我的城堡也变得明亮起来。如果我把一片焦土作为求婚戒指送给她的话，她就不会再对我微笑了，这是不值当的买卖，毕竟她笑起来比愁眉苦脸好看。我重新躺回去，抽掉了这一段可怕的记忆，这个想法不会再次出现，只因为她会为此皱眉。

我抓来公主百年有余，没有一个勇者斗胆来抢。好像我做反派做得太好以至于所有人都怕我——除了我的妻子。

我很喜欢她，不单单因她一点儿都不怕我。她就像只絮絮叨叨的老羊一样迈着小碎步在我的城堡里跌跌撞撞，张着缺牙的嘴问我怎么还不跟上。她看肥皂剧，喂那只寿命长得莫名其妙的金鱼，她和我那么默契，她在我难过时依靠在我的怀里。

直到不久前某个清晨醒来，看到她安静而苍老的睡颜我才意识到，我甚至没有向她求过婚。

这真神奇——按照我的性格，我应该已经向她求婚过上百次。因为无论是二十岁、三十岁，还是七十岁的她，我都怎么也喜欢不够。

我是个反派角色，准确地说，是我所处世界中最大的反派。但我是个爱人，从来都是。

原本趴在爱人脖子上的狐狸围脖突然开口："看来厨师长很喜欢狐狸与鹿、救赎反派的故事。"

鹿安抚性地揉了揉她的耳朵："人家是狼，你也不是毁天灭地的反派。"

小狐狸哼了一声把脸埋进鹿的衣领。

幽灵们纷纷醉倒在"我嗑到真的的喜悦里"，其中一个甚至号啕大叫："我生前真的是H小姐的粉丝，我的好白菜就这么被拱了……"

小人鱼安慰："起码你知道很多粉丝不知道的内幕。"

小粉丝开心了没两秒钟又继续哭号："那我现在也没有命去爆料，呜呜……"

厨师长被她叫得眼睛直跳，大饭勺直接带走："这流量小生有什么好喜欢的。"他强悍粗犷的面孔上突然露出铁汉柔情，"你们不知道什么是真正的明星……"

已经习惯套路的小人鱼自觉戴好了餐巾，揉了揉鼓起的小肚子："请吧，最后一道收官之菜。"

好在这次分量并不大，只有一块巧克力。

甜 点

tiou chou

配料

灵魂珍珠、永生白巧克力

守墓人打着灯巡视墓园，在一片冷淡凄清的无人之境，在一片不知道每个亡魂临终前都经历了什么的土地上，开着一朵莹白的、细小的、永生的花。

永生玫瑰

    我是一块白巧克力。也许你很好奇为什么一块巧克力有自我意识，但事实就是如此。很大程度上因为我们这家甜品店的店主是个学艺不精的魔女，在那边世界混不下去了，就跑来人间开店。

    她做甜品挺有一套的，口味达标，而且吃下去之后确实有让人幸福的味道——不只是广告词上的营销。就是偶尔会控制不住将手上的魔力分子注入进原料里，后遗症包括但不限于一百年不过期的舒芙蕾，以及有自我意识而且可以无限再生的巧克力。

    我是一块情人节巧克力，造型非常老土，是玫瑰花形状，无论啃掉多少花瓣，都能原封不动地长出来。因为实在太过惊悚，被作为装饰品插在收银台边。日常被来结账的客人吐槽羞辱一句"好土"，直到一个死神来把我买走。

    忘记说了，魔女在人间开甜品店还屡屡翻车，即使在另一个世界这也是大家茶余饭后的谈资，所以我们店每天的客人一半是普通人，一半是来看热闹、看笑话的稀奇古怪的生物。

我依稀记得我出生的那一天来了个大眼睛的挺可爱的小孩，牵着妈妈的手，一会儿要这个一会儿要那个。

他妈结账的时候没注意他，他就咬着手指看我，趁所有人不注意以迅雷不及掩耳盗铃之势"咔嘣"掰了一片花瓣下来塞进嘴巴。

然后他眼睁睁看着我长回来了，开始放声尖叫，直接吓到尖叫——年幼无知的我也开始尖叫，最终我家店主被隔壁举报扰民，又是道歉，又是交了两百块罚金。

从那以后为了避免这种情况再次发生，她在我的花梗上贴了红笔加粗的"非卖品，不可试吃"。

我也乐得清闲，做一朵土到极致就是潮的巧克力野玫瑰。本来是这样的，但是今天我被死神买走了。我为此很生气，主人哼着歌包装的时候我还在骂骂咧咧："你不是说不卖我吗？你的底线在哪里？"

我主人傻嘿嘿地哼着歌："可是死神姐姐很漂亮啊，她要买你我不卖，我还是人吗？"

我冷漠："第一，你本来就不是人；第二，你就是馋人家长相。"

在收银台旁边看其他点心的死神姐姐听到这句话，微微笑："我也馋你啊。"

确实，那我可不就是一块巧克力吗。

主人把我卖给她的时候还恋恋不舍，当然不是对我恋恋不舍。她握着对方的手颠来倒去把注意事项说了三四次，最后满含泪目送我们离开。

我无语唾弃，作为一只有情操有底线的巧克力，我是不可能轻易被美貌征服的。在意识到她把我放在贴胸口的口袋时我立刻抗议："喂，你可小心点，别给我焐化了！"

她不理我："听说只要你那根附了魔力的杆子在，你就可以一直复生，不会化的。"

买完我之后她掏出一个记事本，我扫了一眼，大概是一些工作计划。

我有点无聊："你星期六要工作？"

她叹息："是啊，死神可没有双休。"

我撇撇嘴："我以为你买花是有约会什么的呢。"

死神笑起来："确实有，不过也得等我下班以后。"

抱怨归抱怨，其实我还是挺好奇死神的工作的，毕竟我一出生就生在店里，长在店里，从来没有接触过外界的生活。我怀着一颗激动的心戴好眼镜，拿好爆米花和小板凳，准备观看一系列血肉横飞生离死别的厮杀。

但是眼前一幕幕温情伦理剧，却跟我的预期南辕北辙。她一上午就在一个老社区里挨家挨户地非法入户，告诉一个个躺在病床上奄奄一息的老人："时间快到了。"或者，"您的预定死亡时间是下周几点，我到时候再来。"

一般人看不见她，只能看见自家老头老太突然或怒目圆睁，或露出释然的神情。大部分表情释然的老人都是在十分钟之内要离开的，似乎已经见过她不止一次，甚至还会留她下来坐一会儿，磕磕绊绊地聊聊天。

我能看见那些灵魂脱离时逐渐变得轻盈，语速也逐渐加快，半透明的物质脱离了苍老的身躯变得年轻，最终汇聚成一小颗闪闪发亮的珍珠，被她缝进裙摆上的星宿中去。当然，接受现实的将死之人只是小部分，大多都会暴起丢身边所有能拿到的东西，或者开始高呼救命。

　　这时候死神就会把对方摁回床上去，或者在眉头轻轻一点，对方身子一歪就沉沉睡去。

　　她叹息："麻烦你们不要这么激动，会让死亡时间提前的。"

　　社区送温暖活动结束之后，她飘飘荡荡来到街道上。

　　我说："你们的工作量未免也太大了吧，要不别干死神了，去给我们甜品店打打下手，清闲得很。"

　　她有点好笑地摇头："今天计划的工作已经完成了，接下来是自由任务。"

　　我很不能理解："你真的好热爱工作，今年 KPI 没完成吗？自主加班可以升职坐办公室吗？"

　　她笑起来确实风情万种，连我一块巧克力都呼吸一滞。

　　"不升职，只是我欠的债太多，不加班加点恐怕要被革职。"

　　我们在街道上漫无目的地走走停停。在死神视角下，我终于深刻体会到了这个世界上，每一天、每一个小时、每一分钟都有人在离去，而在这些人中，寿终正寝已经是相当温和的死法了。在十字街口我们遇到一个小女孩，她抬起脸，天真无辜，不吝夸奖："姐姐，你真漂亮啊。"

　　从她能看见我们这一刻起，我就知道她即将要离去了。

　　明明她还那么幼小。

死神蹲下身子揉了揉她沾满灰和土的小脑袋："你怎么一个人呀。"

她"嘿嘿"地笑起来："我不是一个人呀，我哥哥在那边的桥洞下。"

死神没有应答。小女孩咬着手指，尽量小心地没有表现出来，可是我知道她在看我。

死神低头看了我一眼，我就知道了她的意思："好吧。"

反正我可以重生，也感觉不到分毫的肉痛。

但是这个小家伙谨慎又收敛的目光，却让我感到一种难以言喻的揪心。

死神将我的花瓣掰下来："你想吃就吃吧。"

小姑娘的眼睛一下子亮了："谢谢姐姐！"

她将本就不大的巧克力分成两半，一半小心地包在衣服里，另一半自己咽了下去，细细地咀嚼品味半天，脸上露出幸福的神情来。她再对我们微笑了一下，转身向车流跑去，这个巧克力这么甜，我得让哥哥也尝尝呀。

一分钟后人群中爆发出一阵惊叫声，"出车祸了！死人了！"

"怎么回事啊！"

"小小年纪……"

我的死神飘过人群，把她懵懂无知、还不知道发生了什么的灵魂牵出来，那颗灵魂做成的小小的珍珠忽闪忽闪，在靠近她衣领的位置，像一颗经久不化的眼泪。我张了张嘴，想问她，这些都是被既定好，不能更改的吗？

但我最终没有说话。我也不是什么刚出生的天真小孩了，早该知道世界自有其运作的法则。她却像知道我要说什么一样，一边快速地离开媒体蜂拥的闪光灯和喧闹的人声一边解释："可以改，但是代价很大。"

从我的死神嘴里，我发现世界上不止我一个人那么天真。她在离世不久，刚刚成为死神的一段时间接到一个任务。因为案情模糊再加上当时死神机构刚刚办起来，很多信息都没有记载在案，只知道要离去的是一对母女。

死神被派出，以小学代班主任的身份混进幼儿园，并且在放学后以找她家长为名，要去她家里看看。出乎意料的是，那个年幼的孩子很老成，似乎早已经习惯这些了，有点犹豫，但是最终还是开口："老师，没用的。"

"他不会听。"女孩声音小小的，"我知道老师是想帮我……之前那个老师也是。可是没有用，他只会更生气。"

不过她最终还是在美女的软磨硬泡下，带死神回了家。

死神还顺手给她买了冰激凌，给她重新梳了乱糟糟的头发。小女孩的头发细软，死神的指尖按在头皮上，前者忽然发出"嘶嘶"的痛呼。

"对不起，我弄痛了你吗？"

她小心翼翼地避开那一块触目惊心的血痂。

"我要在路上吃完。"小女孩摇摇头，继续对冰激凌狼吞虎咽，"不能带回家。"

夕阳西下，她们踩着一地橘红残照走近那个小区。

小女孩的"家"，处在破败的老公寓楼里，每走一步木台阶都"嘎吱嘎吱"作响，墙皮摇摇欲坠。

站到门口准备开门的小女孩拧动门把的手停了一下，忽然回头尴尬地笑起来："老师，要不您改天再来吧。"

她明明在笑，但是眼眶却泛红，幼小的肩膀发抖，似乎在极力隐忍逃跑的冲动。死神没有理会，在门被打开的瞬间，女人声嘶力竭的哭喊声，男人的打骂声，以及重物落地又被拽起的声音蜂拥而至，如潮水一般淹没了她和她。

　　死神终于明白为什么今天会被带走的是一对母女。小女孩反应比她更快，那具小小的、瘦弱的身子扑上去抱着男人的腿，她强忍着眼泪说："你别打妈妈，是我不对，你打我吧。"

　　在那双漆黑的大手抓住死神刚刚给她梳好的小辫子前，她的镰刀已经挥舞出去了。这对母女跪坐在地上抽泣，眼睁睁地看着方才还无比庞大和强有力的男人软软地瘫倒下去，原来也像一张废纸。

　　死神走过满地狼藉摸了摸女孩哭红的脸蛋："没关系，不会有人再伤害你们了。"

　　那天离开的应该是一对母女，她拽回来的灵魂却是一个应该在五十年后死的男人。这样的事她做了不少，每一次要升职时又被闯祸压下去，一百年中浮浮沉沉，在被总部踢出去的边缘反复横跳。

　　我沉默地听了半天，作为一朵没有心的巧克力玫瑰，恍惚中竟生出要落泪的冲动。她没有温度但是柔软的手轻轻摸了一下我。

　　我咬牙说："我才没哭。"

　　不知不觉我们来到另一户楼门前继续任务，她轻轻地推门而入，那张床上卧着一个女人。她脸色苍白，浑身冒汗，可是微微笑着，对自己生命的脆弱毫无知觉。她的爱人紧紧握着她的手，男人泣不成声，却无法阻止要发生的一切。

　　刚刚出生的婴儿扯着嗓子哭，这虚弱至极的女人无力的手臂居然可以托起襁褓，而不颤抖分毫。母亲柔软的，颤抖的声音唱着舒伯特的摇篮曲："睡吧，睡吧……我亲爱的宝贝……"

"妈妈爱你，妈妈喜欢你……"

她余光闪动，显然已经注意到了死神的到来，可是坚定的，布汗的脸没有挪开，只是一直望着怀中哭声渐弱，开始嬉笑的孩子。

"一束百合，一束玫瑰……"

她的呼吸哽住，身子轻轻一歪。

"……等你醒来，妈妈都给你。"

在男人骤然加剧和孩子感应到什么再起的二重哭声中，我的死神唱完了她没能唱下去的歌。

"比预定时间晚了四秒。"死神轻轻叹息，"又要挨罚了。"

女人的亡魂转了一圈，最后看了一眼接过孩子的爱人。

她说："谢谢你。"

我们离开房子的时候窗外阳光特别好，直挺挺地刺着人眼睛，那么天真和残忍，那么光明。

我说："你别哭。"

她沉默了一会儿说："死神早就失去了流泪的资格。"

我们继续游荡在热闹的街道上。在她又一次掰下我的花瓣以后，我深刻体会到了。她有点不好意思地笑，在把我给出去之前吻了吻我："对不起。"

我"哼"了一声，默许了。

毕竟她笑起来实在比她原先要哭而无法哭的悲恸样子好看。

拿到玫瑰巧克力的是一个英俊的小少年，他表情惊讶又脆弱如琉璃纸："我还没有从女士那里拿到过玫瑰呢，何况是这么美丽的女士。"

死神轻轻笑起来，在他们脚尖外三厘米就是顶楼的边缘："那你想聊聊吗？"

少年看着底下渐渐聚集起来的人，他摇头："您不会理解的。"

我也很不理解。

眼前这个少年谈吐斯文，衣着得体，看起来是来自条件很好的家庭，从没有挨饿受冻，受着良好的教育，精神状况也相当健康，如果排除他要无绳蹦极这一点之外的话。

我问死神："世界上活得比他悲哀痛苦的人太多了，为什么他偏偏撑不下去，要这样选择。"

死神说："你轻描淡写的这句话，也是在加重他的痛苦。"

有些病症是看不见摸不着，悄悄住进来的怪物，赖着不走。它因为各种各样的原因滋生了，有时甚至无迹可寻。于是旁人会将悲剧归于人的脆弱和矫情，可自己没有置身其中，又怎么敢轻易评论呢？

于是死神后退一步对少年说："我想也是，多年来的痛苦，怎么可能因为一次谈话、一点好意就消失？"

他有点惊讶地看着她，最终露出一个笑容。

"可是我想在这里陪你。"死神坐下来，"我离去的时候是一个人，非常孤独，很冷。"

少年默许了，他们并肩而坐。虽然死神做出不插手的姿态，可我却发现楼下那些起哄和骂声渐渐被调小，人群的熙攘消失了。在永远敞开怀抱的天空与车流间，只剩下云、鸟，与风声。

少年与死神坐在高楼上，宛若一对随处可见的在公园里偶遇，于是拼一张长椅的陌生人。期间没有过多对话，少年偶尔开口，又半途停驻。死神并不催促，她温和如墨玉般的眼眸，将这座橙色的城市定格。

夕阳渐渐垂落。

也许在这几个小时间里死神可以去完成十几件任务，可是她没有一次起身离开。等到夜幕四合，看热闹的人群散尽后，少年突然站起身拍拍身上的灰："有点冷了。"

死神答道："是啊，我生前每到这个时候都吃火锅。"

两个人说说笑笑地翻过护栏。

临走前少年对她挥挥手："您看起来很面熟。"

死神微笑："有点老套了，回头碰到你愿意送花的女孩子，可千万别这么搭讪。"

少年的身形消失在簇拥的警员中，他的名字也同样消逝在那本记载着将死之人名字的记事本中。

我忍不住松了一口气："你觉得他还会……"

"谁知道呢。"她叹息，"他也许只是个太温柔的孩子，不想我看到惨烈的死相罢了。"

回家路上，死神还捡到一只小猫的灵魂，对方看起来已经离开了很久，可是依然没有被收割。

"在人间你的灵魂会逐渐消磨。"死神问，"你想跟我走吗，你的灵魂会被安养，还有机会转世。"

"不。"那只猫舔舔爪子。

"我宁肯自由自在，看风起云涌，直到死。"

死神尊重了它的选择。

这忙碌的二一四小时里，我见到了二十四段人生。

我跟随着收割灵魂的使者见了太多人，满足了很多心愿。豁达的人、释怀的人翩翩起舞，孩子的笑容与眼泪消逝如早春的冰片，我看到悲剧的诞生。

而同绽放出了细小的莹白的花，在残骸上摇曳着、绽放着，也能照得天光大亮。

将近零点，我开始哈欠连天："你还没收工吗？"

她看了一眼时间："还有最后一件。"

在她极速变换的脚步中，我们来到一片墓园。我突然精神一振：她在十二月买花不是为了情人节，而是为了送人。

我有点好奇地探着脑袋，看着一方小小的，名字被酸雨模糊，甚至没有任何墓志铭的方墓："这里埋的是谁？你的爱人？亲人？"

她把我抽出来放在墓前，淡淡地道："这是我的墓。"

我沉默不语，乌云逐渐盖过了天上的月。

"今天是我的忌日。"她坐在墓上，声音轻快，"你年龄小，不认得我也正常。"

在她的描述里，我知道了这美艳无比，被少年称面熟的死神，生前是个红极一时的演员。

她成名实在太早，又成名过短，以至于很多人只知道她的名字，在老照片看过她美艳的皮囊。

却不知道她是由巧克力的苦甜、长睫毛，以及一个悲剧组成的。红颜薄命，他们只这样评价。

"可是我本可以不薄命的。"她说，"我本可以老到美丽全无，满脸皱纹的。"如果没有那场本不该发生的人为意外的话。

她也不必在忙碌的一天工作之后，来到自己的墓前，放下一朵永生的玫瑰花。

当她同我说她生前的事，我感到不真实，甚至怀疑那是个胡编乱造的故事。那些名声、荣誉仿佛浮光掠影，完全没有在这尊冷清的墓前得到体现。

生前那么多人爱她，千万人往。可是她死后，墓前甚至没有一朵花。

"我死相很难看。"她解释道，"连我的经纪人都没有多看一眼。"

"花花世界，不断崭露头角的女星太多了，很容易被人遗忘的。甚至这个墓——"她仰起脑袋，"都是那对被我违规救下的母女凑钱为我办的。"

她分明被夺走了流泪的资格，眼中却仿佛流转波光。她总是在为与她无关的人湿眼或者心痛，却忽视自己与时同长的茕茕。

我们相对无言，直到守墓人的铃声响起，这又是新的一天。

月光重新出现在云后，毫无慈悲地洒满整片墓园。

风刮过来，我微微颤抖。一个人确实很冷，很孤独，可若有彼此可以依偎的话，是否也可当作慰藉？

于是我开口："接下来，就由我来陪你吧。"

她低头看我，美丽哀恸的脸上露出一点诡异的神情。

"反正我也无伤无痛，不死不灭。"

我斜靠在她的墓碑上，紧紧依着那个被岁月风雪模糊的名字："就由我来守着你吧。"

"我会比所有鲜花都长命，都新鲜。"

生前喜欢吃巧克力却因为身材管理不能多吃的女星，如今可以肆无忌惮地吃个痛快了。

守墓人打着灯巡视墓园，在一片冷淡凄清的无人之境，在一片不知道每个亡魂临终前都经历了什么的土地上，开着一朵莹白的、细小的、永生的花。

虽然只是一块入口即化的巧克力，但是却五昧杂陈。苦是最直白的感受，淅淅沥沥如小雨般的酸，而后又在舌尖泛着微微的回甘，是人生八苦之外，难寻的第九甜。

小人鱼在其中品到了或意外、或注定的死，又伴随绽放，微弱的新生。那些她自己未能触及的人生故事，因为这一枚永生巧克力而呼啸而过。难怪爱与死亡是人类永恒的命题。倘若生命中止，唯爱有一息尚存。

在她反应过来之前，一滴泪水已经自她的眼角滑落，"噼啪"一声化为珍珠滚落下去，触到了前来安慰她的主理人的脚尖。

然后，在所有人惊讶的目光中，她半透明的手如一阵风般消散，穿透了小人鱼犹在哭泣的面颊。

"必须有……活物的首肯。"她在彻底消失前喃喃自语，揭露了封存百年的谜底，"眼泪，你的眼泪承载了我，我可以离开了。"

小人鱼的泪无穷无尽，她仿佛要将这些年所亏欠的泪水尽数还尽。她在哭因为饥寒死去的孩子、难产的母亲、被疾病纠缠的了无声色的少年、无人问津的女星……

她哭这一艘百年来无人而哭的船，哭她的母亲心上的伤痕，哭她第一次自我伤害时，皱紧眉头的骑士长爱人……

相继坠落的眼泪铺满了整个晚宴会厅。

凭空而起的白色云雾后，鹿抱紧了他的狐狸，他们要前往下一站了。

万物寂静成迷。

第一抹天光照入海时，覆盖整艘巨船的魔力屏障消失，海水撞破了门框，倒灌入船舱。

小人鱼如梦初醒，摆尾在船被海水的巨大力量击垮之前离开这里。

漩涡已经消失了，化为一条温柔的海流指引方向。

她离开前，最后回望一眼，巨鲸的尸体已经溃散，不久后这里会有许多小鱼栖息、生长，它的死亡带来了新生。

而小人鱼要加紧步伐，她要告诉苦苦等候的母亲和兄长，她的一半心脏在岸上等她。

此后我的爱恨，与你共享。

图书在版编目(CIP)数据

人鱼香颂／解知著．

一武汉；长江出版社,2021.3

ISBN 978-7-5492-7583-0

Ⅰ.①人… Ⅱ.①解… Ⅲ.①故事－作品集－中国

－当代 Ⅳ.①I247.81

中国版本图书馆CIP数据核字(2021)第046777号

人鱼香颂／ 解知 著

出　　版 长江出版社

　　　　　（武汉市解放大道1863号　邮政编码：430010）

选题策划 漫娱图书　姚轲馨

市场发行 长江出版社发行部

网　　址 http://www.cjpress.com.cn

责任编辑 罗紫晨

特约编辑 许斐然

总　策　划 重塑工作室

装帧设计 刘江南　　邓　婕

印　　刷 深圳市精彩印联合印务有限公司

版　　次 2021年3月第1版

印　　次 2022年2月第3次印刷

开　本　880mm×1230mm 1／32

印　张　7

字　数　170千字

书　号　ISBN 978-7-5492-7583-0

定　价　49.80元

作者简介

解知

00后业余写手，爱好白日做梦并将梦写成文字，一直被喂刀从未被刀到的无情战士，擅长反转童话，一口玻璃渣一勺糖。

微博：丝绒小刀

漫娱图书 SINCE BOOKS

CHANGJIANG PRESS
SPACE CRACK
次元时空裂想